Seba・蝴蝶

Seba·蝴蝶

Seba · 蝴蝶

Seba・蝴蝶

蝴蝶館 68

傅探花

Seba 蝴蝶 ◎ 著

elegantbooks

寫在前面（時空背景，政德帝年間）

首先，先說明這篇又是老梗女主角，所以值得追的價值當場少了三分之一。

然後書名就先劇透一半，所以又掉了三分之一的價值。

接著微紅樓和女主角是丫頭，幾乎把故事給透光了，又把殘存的三分之一掉完了。

這就是一部微紅樓穿越丫頭的幻想文，大約也不怎麼好笑。只是都架構完了，又沒什麼心機詭計，休養兼練筆之用。

雖然寫不出什麼新局，但是老闆說要出，吾輩僅能善盡告知義務。

※注意事項：幻想文。

楔子

如果我僥倖能回二十一世紀，第一件事情就是去暗殺那個叫什麼蝶的死作家。

是的，我會堅定的這麼做。這是為了挽救大批無辜少女讀者，萬一她們穿越的話。

什麼「不停的穿越」系列，簡直是坑人不償命，完全是騙人。

裝啞巴就能安然度過初穿越的尷尬期？落點一定是吃穿不愁的好野人家？妳騙鬼啊?!妳怎麼不說，穿越到常常青黃不接的農家又裝啞巴會怎麼樣？

這是妥妥被賣掉補貼的命啊！

而且那個超愛寫穿越的混帳作家，從來沒有說過，被賣給人牙子的命運有多悲慘，只能用人間悲劇來形容。她也從來沒說過無盡的飢餓和體罰就是被賣者的悲歌，和六歲孩童逃跑的結果是如何慘歪。

幸好我醒悟得早，要依照她穿越小說的攻略，我早死一百遍有，如何平安度過那差點餓死和被打死的三年。

於是我慘痛的領悟到，既然已經被賣，絕對要了解不落入風塵賣肉，已經是上上籤，不能再追求更多了。既然當丫頭的命運是鐵鐵的，那還是早點學習「如何當個一等一的丫頭」，才是適應環境的最佳選擇。

不要再相信那些寫穿越小說的唬爛作家，絕對不實的妖言惑眾。是的。她的確確定的預言了大燕朝這個超扯的歷史歧途……但對一個鐵定是奴籍的倒楣穿越者，有什麼用處啊?!我的確從不錯的大學畢業，還是中文系的高材生……但對一個小丫頭這有什麼用處？

這個朝代女生是不能考科舉的啊喂！一個成為才女的丫頭除了不小心成了某個渴望紅袖添香的白痴少爺通房，還會有其他出路嗎？

我寧願當個管家嬤嬤也不羨慕當群星擁月的那顆小星星好嗎?!

唯一能夠讓我感到略微安慰的是，這個重新投胎的農家小女孩，皮膚還算白，容貌還算清秀，不再試圖逃跑和極度聽話後，總算有一點市場競爭力，我還跟著其他小姑娘學了一丁點的女紅，讓賣相好一點點了，如願的賣入了紀侯府當個灑掃丫頭。

可是，人生不如意事十之八九。

我千千萬萬沒想到的是，小孩子長得這麼快，變化得這麼措手不及。短短的吃了一年安逸飽飯……我長高了，也稍微有點少女的模樣……雖然才十歲。

但是這個少女模樣也太坑！

雖然因為三年的飢饉歲月，讓我老是吃不飽，平添一個暴食屬性，但不知道是運動量太大還是精神性腸胃不良，一直保持一種過度苗條的體態，原本一根豆芽菜並沒有什麼值得擔憂的……

但是，誰來告訴我，銅鏡裡這個危危顫顫，弱不經風，身材單薄、容顏單薄，連笑意都單薄，活似一朵令人憐惜的小白花……是、誰、啊？

天知道我最討厭這種扮豬吃老虎的小白花狐狸精啦!!

於是，我後悔太笑臉迎人求吃飽的生存策略，以至於完全後悔莫及，被年方十一歲，已經有「吃胭脂」這種不良嗜好的二公子給看上，調到他屋裡了。

太驚悚了。有一陣子，我完全處於顏面神經麻痺的現象，板臉成為常態，健忘的二公子很快的忘記我。

同時感謝二公子屋裡的一票鶯鶯燕燕良好的防守能力和絕佳警惕，讓我完全淡出二公子的視線，避免被茶毒的命運。

就是神經繃太緊了，直到我入府兩年後才驚覺，紀侯府妥妥的就是個微紅樓啊。這個愛吃胭脂、喜歡淫詩豔詞的花心小娘炮紀二公子，就是個鐵鐵的大燕朝版賈寶玉。

幸好精簡很多，不然我的腦神經應該會提早衰亡。

但是，老天爺會這樣放過我？在我好不容易安定下來的時候？太天真。

入侯府第三年，我這惹禍的容貌更林黛玉了，於是我被流放到紀三公子，大燕版的賈環房裡。

穿越五年多，大燕朝年紀才十一，我已經開始不知道怎麼面對這樣嚴酷又多樣化的挑戰了。

傅探花

紀侯府人人都知道，二公子房裡，各種不靠譜，四個一等丫頭是副小姐，絕對惹不得。有什麼事情，還是去找二等丫頭的佳嵐比較靠得住，細密周延不誤事，而且絕對不會端副小姐的嬌架子。

連二公子房裡的粗使丫頭，犯了什麼岔子也會哭哭啼啼的去找佳嵐，絕對不願意找那些一等丫頭的姐姐們。雖然身量嬌小的佳嵐總是板著臉，鮮少看到笑容，卻也只是靜靜的聽，然後切合實際的去彌補漏洞。

難免挨罵扣月錢，但是佳嵐姐姐絕對不會動手，其他姐姐不是掐就是擰，狠起來拿起簪子戳人都是常有的事。

總是覺得她很值得信賴，很穩重溫和，比被主子們看重誇獎的妙雙姐姐要好。

雖然佳嵐不過是個管灑掃屋內的二等丫頭。

一開始一等丫頭們會讓剛來不久的佳嵐專職屋內灑掃，是有其遠因近果的。

畢竟老想往二公子身邊靠的小蹄子實在太多，佳嵐又是被二公子看上擺屋裡的。不能不讓她進屋伺候，卻也不能給這小騷蹄子勾搭二公子的機會，乾脆的讓她領幾個粗使丫頭管屋內灑掃好了，二公子最是愛潔，哪裡受得了一天到晚髒兮兮的賤丫頭。

誰知道這佳嵐，帶著幾個粗使丫頭，切入一個合理的時間點快速的打掃——二公子晨起請安時。幾個粗使丫頭讓她帶著，卻一直都是乾乾淨淨一塵不染的進出，整個窗明几淨，反而對這小姑娘刮目相看，看她也不往前湊，也就默認著不排擠她了。

佳嵐也的確將周邊打理得井井有條，從屋內屋外清潔，到茶飯供應細心入微，甚至把書房維護得秩序井然，讓大丫頭們很有閒聊嗑瓜子的時間，能夠全心全意的哄好二公子。

一開始，還覺得她很識趣，閒暇時領著小丫頭們做女紅打絡子，基本上根本不見二公子。可是後來開始覺得不對勁，小丫頭們都以佳嵐馬首是瞻，幾乎都成了那些小丫頭片子的頭兒了，是可忍孰不可忍。

更可惡的是，一年年的長開，越來越像孤芳自賞的表小姐呂惜晴，連神情都有三分相像，二公子若跟表小姐吵嘴了，就會移情到佳嵐身上，想辦法跟她講話。

真是重新再忍還是忍無可忍。真的不孤立她絕對不行，看了她就討厭。

有時候就會想，其實《紅樓夢》就是一部小屁孩早秋記。佳嵐默默的想。

瞧瞧紀侯府這個微紅樓，二公子房裡平均年齡不過十一，就開始打算得非常長遠，包含林妹妹……呂表小姐都加進來一起有青春的煩惱。

其實佳嵐最想做的就是——將這群小屁孩送訓導處。

很可惜，大燕朝沒有訓導處。所以來自二十一世紀的穿越者傅佳嵐，鬱鬱的嘆了口氣。

紀侯府並不是榮國公府，容太君也不是史太君，精簡許多。紀老侯爺已經過世，府裡最大的就是容太君。至於老侯爺的太姨娘……不要傻了，連個庶子庶女都沒有，那些太姨娘還指望能留在紀侯府養老？天真。

也就是容太君治家「嚴整」，所以紀侯府人口非常簡單，只有承爵的紀侯爺和在吏部當員外郎的二老爺。

紀侯爺的夫人治家也很「嚴整」，治到現在只有一個嫡子，紀大公子世子紀晝，剛娶妻不久，妥妥是個王熙鳳型的世子夫人，湊巧也姓王，閨名暖。

但就像是榮國府的史太君心偏得沒邊，容太君也不惶多讓，同樣是偏心到後背的犀利人物，對當侯爺的兒子超級不滿意。雖然在穿越者看來，紀侯爺不過是隻書蠹蟲，比起承爵的賈赦好到天邊海角了，可是在容太君眼中還是異常不滿，連帶討厭那個沉迷算盤的世子紀大公子。反過來疼愛整個二房，從二老爺到紀二公子紀昭，覺得他們才是有出息的。

這真是一個奇怪現象。佳嵐默默的想。等她知道二老爺的官位在哪，搔首很久。這樣看吧，紀侯爺是三代侯，這爵位還能傳兩代，官位，一品。二老爺是個編制外的蔭補官，七品。說紀侯爺不幹正事吧，也對，整天只會蛀故紙堆。但這二老爺整天就跟清客們打屁聊天，也沒幹什麼事。

至於世子爺和二公子……這怎麼比啊？世子爺是不怎麼關心仕途……喵低他幹嘛關心啊？妥妥的承爵就好了，皇帝對勳貴只要不造反就很滿意，當米蟲也比野心勃勃又砸鍋好啊。何況人家挺會經商撈錢，將紀侯府的財富發揚光大……紀二公子小小年紀只會追著丫頭吃嘴上的胭脂，當個花心小娘炮。

來自二十一世紀的穿越者佳嵐，對於容太君在侯府作威作福（紀侯爺的侯府），享榮華富貴（紀世子撈的銀子），然後把所有希望榮寵都放在二房的行為，表示非常不解，最後只能勉強歸功於，「一切都是愛」。

比相貌，大房父子雖然長得還不錯，卻輸二房父子一整條街。由此可證，容太君應該是顏控。

號稱簡單的人口，還省掉了「原應嘆息*」四春，不過是個迷你紅樓而已，照樣頭昏腦脹對吧？沒關係，來自二十一世紀的穿越者昏頭脹腦了好一陣子，勉強用筆記整理背下才了事。

（建議諸君也比照辦理）

只是，規模雖然比較小，鉤心鬥角的複雜度還是不可少。佳嵐表示跟這些小屁孩鬥心機勝之不武，不鬥卻可能會吃不飽飯，非常討厭。人家還是家生子個個有背景，可以靠管事的爹和管事的娘，更是加倍的討厭。

所以她只能低調再低調，當個有用的工具人即可。

但是對於那些擠不上大丫頭名額的粗使丫頭，又覺得這些小女孩有點可憐。真是不能靠爸沒人權，佳嵐真是感慨。雖然有的人被虐後會有心理變態的趨勢，也想虐別人找補，或者想經過這樣的虐待行為表示自己高人一等……

可她還自認是個中立善良的人類，所以沒有這種嗜好。在不把自己賠進去的範圍內，她還是樂意教教這些可憐的小女孩，對她們好一些。

千千萬萬沒想到，這些小屁孩不但早秋，心眼比針眼還小，連這樣的行為都不許可。

於是在四大丫頭襲人……不是，妙雙（襲人？）、笑萍（晴雯？）、幻寒（麝月？）、夏雁（芳官？）的圍剿下，她被發配到形同隱形人的紀三公子房裡。

想了很久，佳嵐才想起紀三公子的資料。紀二老爺的妻室孔夫人治家沒那麼嚴整，庶子紀三公子紀晏幸運誕生，居然沒夭折，只比紀二公子小半歲，合理推測當時孔夫人正忙著生產和坐月子，無力防守的緣故。

但除了這個蒼白的資料，和紀三公子常常在孔夫人那兒抄佛經和脾氣暴躁外，幾乎

＊原應嘆息：為《紅樓夢》賈府四姊妹「元春、迎春、探春、惜春」名字中各取一字的諧音。

想不起別的印象。

喔，對，紀三公子的生母劉姨娘很極品，打遍紀侯府沒有婆子嬤嬤丫頭能出其右，絕招是撓臉皮和抓頭髮。

……這麼說來，紀三公子是賈環?!

說起來滿臉戾氣，長得沒很好倒是像的……但是她也很少見到紀三公子，畢竟生活圈徹底不同。

賈環的既有印象讓她消沉很久，畢竟從花心小娘炮改到服侍猥瑣第一名的賈環，誰也受不了……

慢著。從好的地方想，賈寶玉沾遍了全大觀園的非近親女性，賈環好歹只沾了彩雲一個。從數量上來說，少年賈環遠勝少年賈寶玉啊!!

傅佳嵐立刻樂觀起來了。

雖然第一天上工就讓紀三公子的獅子吼嚇到了，好在貼身服侍是三公子房裡原有的兩個一等丫頭，而且這兩個十六、七歲的一等丫頭對待佳嵐意外的和藹可親，熱情的沒邊，什麼都願意教她。

連三公子的奶娘薛嬤嬤一點都不仗勢欺人，反而對佳嵐分外倚重，進來沒幾天就跟管家娘子說了，將佳嵐升為二等。

雖然說三公子房裡的人遠少於二公子，這個工具人當起來有點吃力，但不用貼身服侍炸藥似的三公子，只要認真做事即可，佳嵐也認為這個調職算是不錯，少了跟小屁孩鉤心鬥角的人事壓軋，勞體不勞心，非常適合混吃養老……

你見鬼吧！

一個多月後，兩個一等大丫頭雙雙回家備嫁，奶娘薛嬤嬤榮歸。三公子房裡頓時少了一半。再加上一番人事調度，連外頭伺候的粗使丫頭和嬤嬤，也只剩下幾個老弱殘兵。

殘到什麼程度呢？四個粗使嬤嬤，一個重聽，一個風溼得行走艱難，一個疑似白內障，還剩下的一個已經高齡八十。你還不能叫她們別幹了，因為家裡艱困，還靠這點掛名的月錢補貼。

四個粗使丫頭，最小的七歲未滿，最大的不足十歲。雖然都還聽話，但完全有奴役童工之嫌。

孔夫人自號慈母，所以論面積，二公子的擁翠苑和三公子的嘉風樓，院子的面積差不多大。但堪用人員簡直不能比，二公子院子超編：三十六人；三公子院子逢缺不補：六人。

妥妥的是六比一，二公子方壓倒性的勝利。

三公子屋裡伺候的名額，只有兩個二等丫頭，佳嵐和另一個叫做橙兒的丫鬟。但是進屋伺候第一天，三公子暴怒的把洗臉水潑在橙兒身上，把她們倆轟出去了。

進來快兩個月，已經塞滿了三公子的咆哮，充滿反感的佳嵐，本來準備安慰一下哭泣的橙兒，卻發現，掩在帕子下抽泣的橙兒，嘴角微微的上彎。

居然在笑。

春寒料峭，三公子的洗臉水是冷的。她原本吩咐得好好的熱茶，也被偷換了只剩茶梗和茶渣的隔夜茶。而三公子的暴怒，只換來被關到小佛堂「靜心」，和罰抄了一整天的佛經。

……這是幹嘛？另一種形態的霸凌？

還沒怎麼搞清楚，橙兒跟她表哥私會被三公子撞破，突然被趕出去了。這一串的劇烈變化讓倒楣的穿越者佳嵐只感到頭昏腦脹。

屋內伺候的一等丫頭，從缺。二等丫頭，僅剩佳嵐一名。三等丫頭，從來沒見過。粗使丫頭，只有四個黃毛小鴨。

人員配置異常緊張，前途非常黯淡。

所以三公子獰笑翹起下巴，「早晚我也會像那樣把妳趕出去！」

佳嵐只是木著臉看著三公子，服侍著他穿衣。

因為她腦海只迴響著一句歌聲「待從頭收拾舊山河」，滿江紅式的悲壯。到處都是洞，滿目瘡痍，她真不知道從何收拾起。

她發覺，穿越小說家們對「丫頭」總很容易陷入錯誤的迷思，以為丫頭只需要哭喊「小姐」，或者只需要沒腦子的忠心耿耿就可以了。

這真是大錯特錯。

一個合格的丫頭其難度鑽之彌堅仰之彌高，更困難的在於一切都是自學和偷師。

瞧吧，女紅要精巧，但是小姐們還請高明繡娘來教，個個學得二二六六呢。丫頭怎麼會的？交流吧，厚著臉皮偷學吧。同樣的，公子小姐有塾師啟蒙，丫頭只能在旁設法偷師。

王熙鳳可以大字不識，但底下的丫頭若也大字不識，真不知道她們的帳怎麼做。卻沒人想過丫頭們從哪兒學來的，大燕朝可沒有優良丫頭特訓班。

從此得證，偷學技能沒點滿，還真的沒辦法識字懂算精通女紅……一個合格丫頭多麼不容易。

一方面，佳嵐慶幸，自己識字懂算會打中國結，穿越者的身分就是吃香。另一方面，她又懊悔，當初被老媽逼著選修商業管理時，只有被當的份，沒有好好學，以至於要拚命回憶殘存無幾的管理學。

怎麼都沒有想到，被她學得五五六六、心不在焉的商管，被當得一塌糊塗的簿記，居然是她在大燕朝求生存的利器……真是想到就珠淚暗彈。

即使前途無亮，她還是用最笨的方法，先總盤點了一次三公子房內的總財產──鑰匙這串燙手山芋終於到她手上了，薛嬤嬤圈圈遠勝過字數的帳本，是絕對看不懂的。

結果只有更黯淡，沒有最黯淡。

四季衣裳，只剩幾套不上檯面的，完全理解為什麼賈環會鞋邋遢襪邋遢……瞧瞧三公子房裡能做鞋襪衣服的，和二公子房裡能做鞋襪衣服的……完全不能比。

什麼？你說針線房？針線房會給隱形人般的三公子認真做衣服嗎？又沒錢打賞！

不說小孩子長得快，就說衣服在這朝代還算得上有價值的財貨，恐怕被之前管鑰匙的奶娘暗槓掉大半了。

衣服都暗槓了，你還指望月銀能完璧歸趙？天真。只剩下幾串散錢，連個銀錁子都沒有，真沒想到侯府三公子貧窮到這個地步。

至於擺設，更不用提了，完全是赤字。三公子脾氣不好喜歡砸物什*，但能砸出這麼深重的赤字……起碼要砸一整個庫房的陶瓷……也太難！

這個帳怎麼也抓不平，佳嵐毫無辦法，特特請假去找三十六歲就榮養的薛嬤嬤，卻被翻臉不認人的奶娘，窮凶惡極的凶了一整波，灰頭土臉的回來。

*物什：雜物，泛指東西。

果然，她還是太嫩。佳嵐慘然的想。來自二十一世紀純良的穿越者完全不敵狡猾奸詐的大燕朝在地人。

強龍怎壓地頭蛇啊?!誰來教教她……

人手不足疲於奔命，開始雜草叢生的嘉風樓。人口眾多需要禮尚往來、荷包空空的預算。脾氣核彈等級、喜歡砸茶杯擴大赤字的三公子。

果然死於安逸。一開始安逸只是癱瘓警惕的假象啊，馬上就要死了！

百廢待興，宛如廢墟的嘉風樓，快要喝風度日了。

如此嚴苛的考驗，某種程度超過挨餓受體罰的初穿越歲月。

逆風到這個程度……她很想按下「投降」這個選項，可惜沒有這個鍵。

明明在大燕朝，傅佳嵐才快要十二歲，就得扛起一單位的總管……也太虐待童工。

為什麼這朝代沒有兒福法？

不能投降只能硬著頭皮帶著團隊設法打入大後期的佳嵐，忿忿不平的想。

但鬱卒歸鬱卒，不滿歸不滿。她還是跟三公子相互看不順眼中，設法讓嘉風樓運轉順暢。

事實上，雖然三公子表現出「一定把妳趕走」的絕對敵意，但卻不是最大的麻煩。因為紀三公子事實上很忙，晨起問安不可少，幾乎是天不亮就出門了。問完安就得上學，因為紀二公子成日裡合法逃學，紀三公子被鐵面無私的族學先生釘得滿頭包沒得移轉仇恨值。

下午放學後又往往被嫡母孔夫人留下抄經，往往抄到回來晚飯都累得吃不下，昏睡在浴桶是常有的事。真正能製造麻煩的時候，只有早上起床氣和晚上遷怒，時間都不長。

真正讓她煩惱的是快要成為叢林的廣大庭園，和塵埃漸重的屋內。

庭園起碼有一個操場那麼大，建築物是兩進院子，她和四個小水果光打掃就是個巨大問題。（為什麼說是四個小水果呢？因為這些平均年紀只有八歲的小女孩，分別叫做桃兒、李兒、杏兒、橘兒……四小水果。）

最後她把庭院分成五塊，除了出入最重要的前庭天天打掃，其他時候都是輪流。雖說野草除不盡，春風吹又生，但也不會五天就陷入蠻荒狀態。天幸這群粗使丫頭大半都是出身農家，不是嬌生慣養的家生子，勤勞耐苦，不然佳嵐只能哭哭了。

至於那龐大的兩進院子，也是劃分區域輪流，維持不被挑剔的乾淨就行了。在佳嵐自製的打掃道具輔佐下，總算也是拚過去了。

其實所有制度總是一開始最艱難，一旦架構起來就簡單許多。只要習慣了流程，漸漸就會駕輕就熟了。最窮困人手最不足的三公子房裡，總算慢慢步上軌道，不再是無頭蒼蠅模式了。

幸好管理學只是選修，而且學得非常差。不然苦苦念了四年商管，最後淪落到在大燕朝這個鬼朝代用在一院灑掃上，只有萬念俱灰可以形容。

佳嵐苦中作樂的想，一面擦著書房的桌子，偷空兒看《春秋》。

這就是愛孩子的她沒去念幼兒保育系好當幼稚園老師，跑去念中文系的緣故。她還沒上幼稚園就識得千來個字，很快的領悟到文字的魅力。年紀還很小的她就覺得注音符號很幼稚，奶娃娃才需要那個。

幼稚園的時候，同學還在看巧虎島，她已經在讀表姊六年級的國語課本。小學時同學還在看《格林童話》，她已經在讀《論語》和《孟子》了，而且覺得《紅樓夢》和《西遊記》太淺白。

國中時她終於被看成怪物，因為她的課外讀物是《詩經》和《離騷》。

就像國高中同學都把她看成怪物，同學對古文苦手也讓她深感不解。她有些強者高中同學自修日文設法看懂日文漫畫，她深感敬佩，卻不明白明明很淺白的古文，為什麼能讓他們呼天搶地。

她看《春秋》就像看《哈利波特》，兩者於她是相同的簡單。

對於自己越擅長的事情當然越喜愛，所以她選擇了中文系……明明知道對謀生無用。

至於會成為教授們喜愛的高材生，甚至勸她念研究所，自願替她加分……其實也不覺得很了不起。不過是，她對古文親切無障礙，記性又好罷了。沉浸其間她很快樂，就跟打電動一樣，或者參加幼幼社去探視小朋友同樣的快樂。

她都答應爸媽，大學畢業後就去附近的幼稚園當老師，她覺得不上研究所沒關係，幼稚園老師也很好。

可惜被坑到舉目無親的大燕朝，而且她念的科系，果然對穿越毫無用處。

現在看四書五經，懷的是一種鄉愁的心情。二十一世紀和大燕朝，唯一相同沒有變化的，只有這些歷久彌新的故紙堆。

她能倒背如流的故紙堆。

佳嵐嘆氣，將書歸架，收拾三公子寫廢的一堆紙。字寫得真爛，還不如她這個穿越的冒牌貨。看到一張寫了半篇的策論，她不斷發笑。

真是仔細一看不如猛一看。為什麼古文的論說文可以寫得這樣狗屁不通？三公子的先生需要避免心臟血管疾病。

瞥了眼水漏，大約還有一個時辰的閒暇。她將廢紙翻過來，在背面用相同的題目行雲流水的寫了一篇策論，只用了半個時辰，修修改改後，自得其樂的欣賞。

穿錯性別。若穿成男生應該可以搏個秀才……只是穿成男生能夠習慣迥異的身體構造嗎？能夠喜歡女孩子嗎？

……她起了一股強烈的惡寒，趕緊揮去不切實際的胡思亂想。她對BL和GL*都沒辦法接受，不要鬧了，現在已經是困難模式了，她沒想挑戰地獄模式。

佳嵐隨手將那篇改得亂七八糟的策論夾入廢紙中，擺在下面的書格。通常放滿了才會送惜字亭燒，實在是人手太不足。

紀晏滿肚子氣的回房，拿起茶碗想找碴，卻發現不再是茶梗和茶渣，而是泡得很完美、溫度適中的茶湯。

……好像自從佳嵐ㄚ頭開始主事，他就沒喝過茶梗水了。

被噎了一下，他又發怒，「爺的晚膳呢?!想餓死爺不成？」

沒招了吧？晚飯時間都過那麼久，就不信……

結果這個可惡的佳嵐ㄚ頭居然熱著晚膳，端了上來。

「……菜飯都蒸爛了，叫爺怎麼吃！」他發脾氣，卻顯得有點虛。

「公子說得是。」佳嵐連眼皮都不抬，「婢子下回會注意。」

又是這副死人臉，又是。原本已虛的怒氣又大熾，紀晏將筷子拍在桌子上，「妳在不高興什麼？妳有什麼值得不高興的？我知道妳們只想跟昭哥兒好，妳怎麼不死去他那

＊ＢＬ和ＧＬ：Boy's Love與Girl's Love的簡稱，多用於同性相戀的動漫畫類別。

邊?!」

佳嵐慣常板著的臉孔，頭回出現愣然的表情……卻沒如三公子所預料的哭出來，而是忍俊不住。

原來如此。哎呀呀，平常都咆哮得不知所云，只讓人覺得很煩。沒想到這個十二歲的三公子，真正在意的只是，「大家只跟昭哥兒好，不跟我好。」

這才對嘛。這才像一個魯小鬧脾氣的小朋友，而不是那些太早秋該記大過的早戀小鬼。

終於看到一個正常小孩。穿越多年的佳嵐，悄悄的冒出一個愛心。

所以她微帶笑意，溫和的回答，「婢子很高興來三公子房裡。」

紀晏滿腔的怒氣揮發殆盡，慌張失措而且狼狽的強辯，「誰、誰、誰要妳高興了？明、明明……巧言令色鮮矣仁！」

他逃了。

原來不只是個正常小孩，還是個傲嬌。在二十一世紀立志要當幼稚園老師的佳嵐，悄悄的冒出更多愛心和泡泡。

逃進書房的紀晏，心臟還蹦蹦跳。

高興來他這兒什麼的……才不會有這種事。對，她一定只是說好聽話而已……像是一直陪伴他的春花秋月兩個姐姐，奶大他的奶娘一樣，說了無數的好聽話，結果說嫁人就嫁人，要回家就回家。

明明年紀都還沒有到，說再多好聽話，還是說走就走了。

因為我沒有出息，我是庶子，怎麼努力都比不上昭哥兒。為什麼啊？到底我差他什麼？明明每天我都乖乖去上學，挨夫子的板子，但他可以在家玩樂。可是誰都喜歡昭哥兒，沒有人喜歡我。

他一直到三、四歲才知道自己是姨娘生的，有一段時間非常混亂。他一直習慣性的討好嫡母，終究只得到冷淡。他曾經跟姨娘走得近，但姨娘只會嘮叨他要有出息，還有伸手跟他要錢。要不到，姨娘會非常猙獰。

曾經想過搏父親的寵愛，結果父親的目光只從他身上透過去，像是他不存在。

非常努力，曾經很努力的用功讀書，夫子也誇獎過他。但是，誰在意呢？沒有人，一個人也沒有。

他知道春花秋月兩個姐姐常偷懶，奶娘也會偷拿他的東西和月錢，他會發脾氣砸東西罵人，但是一次都沒有告過狀。

因為這個家，他什麼都沒有，只有身邊少少的幾個人而已。

但這些人終究還是拋棄他了。

這個快要成為青少年的紀三公子，瀕臨一個危險的轉捩點，正是自暴自棄的開始。這年紀的孩子本來就容易討厭上學，何況族學裡他也是被排擠的份，他對枯燥乏味的學問也還沒有開竅。

憤慨而憤世嫉俗，推翻否認過往的一切堅持。他已經厭惡徒勞無功了，開始逃避功課，甚至想找以前寫廢的大字來充數了……

於是他開始翻找那疊廢紙，只想乾脆的濫竽充數。

結果在普遍糟糕的字帖中，幾張娟秀挺拔的字跡分外顯眼。那是一篇，策論。

紀晏五歲開蒙，七歲就去族學念書。他的字很糟糕，主要是他性子浮躁，一味求快——畢竟想睡覺就得快快的抄完嫡母要求的佛經，但不代表他看不出字的好壞。

這是一篇大膽的策論，和以往他拿來參考的、枯燥乏味的策論文選完全不同。深入淺出，充滿譏諷嘲謔，讓人放聲大笑，掩卷卻會想很多的策論。

……這是誰？會是誰？怎麼會寫在他寫廢的紙後面？

嘉風樓離祥熹堂很遠，是紀侯府的化外之地，誰也不會來。最少他的父親紀員外郎一次也沒有來過。

昭哥兒？別鬧了。說他會吟詩作對子就有可能……策論？傻了吧。

再說這兩個人的字跡他都認識……畢竟就在祖母容太君那兒，當寶貝似的掛著直幅。坦白說，他覺得寫在廢紙背後的這篇策論，書法不但比昭哥兒好，也比他老爹好。

心裡模模糊糊有個猜測，卻不肯承認。直到過兩天，在茶水間的小几搶時間記帳的佳嵐，突然被喊出去問話。一直裝著不在意假讀書的三公子，立刻一個餓虎撲羊，撲進茶水間翻了佳嵐剛寫過的帳簿……然後微微發抖。

是她?!怎麼會是她？聽說他們同年不是嗎？一個……丫頭。

不不，一定是我學問不好寫字也不好，才會覺得她很厲害。一定是這樣。

自我折磨兼寢食難安了幾天，他終於鼓起勇氣，將那幾張策論攢在懷裡，破天荒的不是放學奔逃，而是留下來面對嚴厲到殘酷的夫子。

「夫子，」他顫顫的硬著頭皮，「有篇策論，請您看看。」

族學夫子也姓紀，跟紀侯爺同輩。曾是京畿舉子，只是中舉後父母相繼過世，三年大孝又三年，功名心蹉跎淡了，回家課子。誰知道這個原有文才的紀舉子名聲越來越大，求著附讀的越來越多，最後紀侯爺乾脆的整頓族學，把這個異常嚴厲的夫子也請了來。

人一有才華，個性還挑剔，再加上年紀大，那簡直是目中無人的活招牌。全族學最聰明、十二歲就京畿秀才的紀曄，在紀老夫子口中也就一句，「還行。天資不夠沒關係，再練練。」

對於這個侯府三公子……紀老夫子只能三嘆無奈。天資，無。努力，容易迷失方向。理解力，持續低迷。唯一值得誇獎的是，看起來天資理解力比他強的侯府二公子逃學一年四季，還是祖母溺愛著支持逃學。這個不開竅的頑石學生，卻天天上學風雨無阻。

夫子皺緊了眉思量，不管怎麼說，還是給他一點面子。有這份勇氣和心，應該還是可以略微雕琢，不太是朽木了。

只是一接過手，夫子的眉間怒紋瞬間猙獰。找人捉刀的文章，連重謄一次都懶了……夫子的怒氣發不出去，而是盯著一行行的策論，著迷的笑，有時還拍案叫好。

「文澤瑰麗詼諧兼有之……從何想來！」夫子眼睛發亮，「你家昭哥兒寫的？」

這幾天一種彆扭也不是彆扭、生氣又不到溫度、怪到極點，勉強講就是有點酸的感覺，突然覺得好多了。

嘿嘿，夫子，你絕對想不到是誰，更不可能是整天只會淘澄胭脂的二哥。

「不是。」三公子故作嚴肅貌，想要回那篇策論，夫子卻用兩隻手按住。

「幾歲？是幾歲？哪家公子？」夫子亢奮得滿臉潮紅。他又不缺錢，天天來族學是為啥？就是希冀能淘到幾個好苗子，得天下英才而教之啊！老人家也就這麼一點揚名的追求，不要太苛責了。

「……快要十二歲……」紀晏話還沒說完，夫子大大的哈了一聲。

「正當年，當年！瞧他用典正用破格都用得這樣老道，該是吞了多少雜書！我不收他束脩，只要他人肯來就好！」

紀晏急了，「而且還是奴籍……」

夫子再次截斷他的話，「奴籍不是問題。先生我贖他總行吧？贖身後就是良民，大不了就是先生我作保……讓他拜我義父，當我乾兒子，我一定照應得好好的……哎，別急。素來我有些憂煩，你這孩子性情有些涼薄……哪知是先生錯眼了。別擔心，雖只得一個良民的身分，但文才佔六啊。而且皇上恩准所有文才佔滿的前五名可以無視家世……」

是，聽起來挺好的……但是夫子！拜託讓我把話講完啦！

「是我身邊的二等丫鬟！」他終於趁夫子換氣喝茶的時候快快吼完了。

結果不太好。夫子狂咳了一陣翻白眼，紀晏撲通一聲跪在地上磕頭。夫子終於緩過來，流淚了。嚇得手腳發顫的紀晏，跟著流淚。

結果師徒相對無言淚千行。

「……蒼天不公啊！」夫子大放悲聲，嚎啕起來，「殲我良人啊！」

夫子，你太誇張了喔。

在驚嚇過度兼磕痛膝蓋外，唯一的收穫就是……夫子忘了佈置作業。讓他這天過得有點爽。

但也就爽了那麼一天，隔日夫子將紀晏留下來，斜眼瞪他了好一會兒。時間應該只有盞茶時間，但紀三公子感覺無比漫長，而且從足心透涼到頭蓋骨。夫子的威懾力真的強到無人可及，並且難以複製模仿。

因為，他嘗試用相同的威懾瞪人法壓制佳嵐丫頭，只得到她一臉無聊的嘆氣。

「……三公子，您眼睛不舒服嗎？」

「妳才眼睛不對勁呢！笨蛋！」紀三公子怒吼。

佳嵐沒有說話，但她即使垂下眼簾，還是沒能及時掩飾看笨蛋的眼神。

太令人火大了！

但是，夫子的交代猶在耳邊，明天沒交「功課」，他大概會比誰都慘烈。

「進來書房伺候！」他對著佳嵐吼，「不要磨磨蹭蹭的，離晚膳只剩兩個時辰，到時候我要抄經到深夜，沒空做作業了！」

……那與我什麼關係？佳嵐滿腔無奈的想。直到三公子將幾張塗滿硃砂字的策論扔出來，她才真的變色。

為什麼？明明擺在廢紙那疊不是嗎？怎麼會被挖出來？

「別裝傻。」紀三公子用下巴看她，「妳想說，妳不知道是吧？我核對過帳簿和妳的筆跡了！」

……原來她以為的「餵餅公子」，其實沒有想像中的笨。她還是錯了。不是功課好的人才是聰明人。有的人只是偏才在別的地方，或者還沒開竅。

「擅用公子的紙墨，是婢子的錯。」她乾脆的承認，就賭紀三公子這樣的觀察力，卻沒有揭發身邊侍女奶娘的任何弊端。

紀晏卻有幾分狼狽，甚至手足無措。被欺騙被哄被當成傻瓜是常態，從來沒有人乾脆的對他低過頭、認過錯。

一時之間，不知道怎麼反應。

「本、本、本來就都是妳的錯！」他臉孔不知道為什麼紅了，「不、不不要廢話了！總之，總之！夫子看過了，而且已經批改過。」他勉強鎮定下來，用怒聲掩飾慌張，「夫子說，這張批改過的，妳要老實的訂正，重寫一份。還有這個新題目，妳要先寫好交給我！」

……什麼意思？

「夫子覺得我，婢子我寫得還可以嗎？」佳嵐想搞清楚狀況。

「誰知道啊?!反正夫子怎麼說妳就怎麼做就對了……等等，妳想去哪？」

佳嵐拿著滿篇紅字的策論和題目，「呃，婢子去茶水間寫……」

「坐下！我書房少妳一張桌子還是椅子？茶水間有書可以查看嗎？妳想讓我丟臉是吧？夫子指定的事我還辦不好？認真寫啊！拿出妳所有的本事！」

搞不懂……真搞不懂。大燕朝的夫子在玩啥？難道是愛才？但是愛才也沒用啊，女生又不能考科舉，何況還是個當丫頭的奴籍女生。

「婢子先給公子磨墨，或者要茶？」她還是決定先執行符合身分的義務。

「妳給我坐下！我斷手斷腳嗎？哪個我不會自己來？倒是這些功課，晚膳前妳要給我寫出來！」紀三公子一拳捶在桌子上，讓上面的所有東西為之一跳。

……拜託，兩個時辰是四個小時，不過是兩篇論說文，哪裡需要哪麼久啊？何況還有一堆事情等著要安排。

畢竟只是小孩子的作文題目。被批得滿江紅的那篇策論題目，「矜寡孤獨廢疾者皆有所養。」出自《禮記》。新的題目是，「居上不寬，為禮不敬，臨喪不哀，吾何以觀之哉？」出自《論語》。

不過大燕朝的老師還真是厲害。雖然當時胡亂塗在廢紙上只是遊戲之筆，但也覺得算不錯了。沒想到這個族學的夫子這樣博學廣聞，並沒有直接否定她的論點，而是引申誘導到其他經典，更為巧妙周延，範圍甚至有些艱僻了。

難得的，讓她折服，甚至很想跟這位夫子研習。

為生活折腰到這地步，為了活下去簡直尊嚴都拋棄光了。曾經讓她引以為傲的故紙堆專精，其實也毫無用處。

比二十一世紀的教授還厲害，真希望成為夫子的學生。即使不能，但被這樣批改指導……實在是太豪華的奢侈。

她只花了半個時辰就打完草稿，幾乎沒什麼修改，就重謄完畢。紀晏瞪了佳嵐好一會兒，沒好氣的叫她滾，看著自己才寫了開頭的草稿。

真想看看她寫什麼。說不定只是草率行事，敷衍他來著。

但是一股不服氣撐住了，他滿頭大汗的查書和構想，勉強在晚膳前寫完了。

絕對不可能比我更好。紀晏咬牙。她一本書都沒翻。

但是攤開她的那兩篇策論……他馬上把自己寫的功課撕了。爛透了，完全不能比。

甚至不能否認她……因為她就在紀晏眼前寫的。

他頭回裝病沒去嫡母那兒吃晚膳，也逃掉了每晚抄經的每日任務。這樣觸怒嫡母，

必定會很慘，他知道。

就是，不服氣。一個小丫頭，像根豆芽菜的小丫頭。幾乎沒上過私塾的小丫頭。怎麼能夠忍受還不如她。

等燭光刺痛了他的眼睛才發現，都過子時了。來添燭的佳嵐一臉困惑和不解。

「……不是這樣寫的。你不懂……公子不懂起承轉合嗎？」

「要妳管！」煩躁到極點的紀晏終於爆炸。

「當然要管啊。」佳嵐面無表情的看著眼睛滿是紅絲的三公子，「公子不睡，婢子們也不能睡覺。」

明天還有很多活要幹啊。

「……妳了不起啊。」十二歲的紀晏強撐著，眼眶還是紅了，聲音也有點渾濁。

糟糕，快弄哭小朋友了。真是，為什麼要跟好強的小朋友計較……又不是真的十二歲的少女。

「其實很簡單的。婢子猜，夫子也說過類似的話，只是比較莫測高深。」佳嵐放柔了聲音，抽起自己的策論，毫不在乎的在上面註記，「起承轉合，說一遍就明白了。掌握這個原則，剩下的只是個性的展現而已。」

「誰理妳啊?!」嘴巴這麼說，他還是悄悄的在肩頭抹去眼淚，艱難而結結巴巴的寫完一篇粗具規模的策論。

天都快亮了，紀晏才倒在床上，連鞋都沒脫就睡著了。

連題目都理解得牛頭不對馬嘴。佳嵐悶笑。破題破得破綻百出，結論更是荒唐。就像她曾經帶過的小朋友，不管什麼題目，都扯「世界和平」就完事了。

但憑這股倔強，就還有無限可能。

不要三分鐘熱度的話。

可這個年紀的小孩子，能夠不三分鐘熱度嗎？她實在很懷疑而且保持悲觀的態度。

果然還是太小，不知道自己擁有怎樣珍貴的老師……她夢寐以求的先生啊。

第二天，睡太遲的紀晏，果然因為起床氣，上學也太遲。夫子破天荒的沒賞他板子，只在中午放學時，將他留下來。

看完了佳嵐的兩篇策論，再看紀晏的策論……夫子不發一語，迎風灑淚。

紀晏幼小脆弱的心靈，遭逢粉碎的命運。

原本佳嵐還有點擔心……她已經察覺孔夫人是怎麼控制紀三公子了。真的是很高明，抓不到把柄的好辦法。

三公子的脾氣太容易激怒，但彆扭暴躁的個性底下，畢竟還是個渴望認同的小孩子，對嫡母還懷著孺慕的敬畏和討好。孔夫人就利用這點，用抄經書和罰跪佛堂給他「收性子」，還能光明正大的說是為他好。

別人還稱讚她是慈母。

這其實是另一種形態的冷暴力吧？佳嵐默默的想。

讓她有些意外的是，孔夫人的確沒放過裝病的三公子，讓他去佛堂跪著抄經抄到夜深，卻被偶爾來上房的二老爺發現了，反過來被斥責了一頓。

本來佳嵐以為，二老爺終於想起自己是父親而不是陌生人，孔夫人也為了爭寵而低頭了……結果是她自己太天真。

的確，孔夫人不再叫紀三公子過去抄經或跪佛堂，而是徹底無視紀晏。連帶的，二房的奴僕，也跟著忽視三公子，完全視而不見。

最後連晚膳都直接送到三公子房裡……表小姐都能和樂融融的一家團圓飯，唯一被孤立在外的只有紀晏而已。

結果就是紀三公子越發暴躁易怒，並且越來越不講理。佳嵐自認還是個容忍度很大的人，但依舊有一定限度，紀三公子卻拚命衝撞她的極限，導致佛都有火、貓厭狗嫌的地步。

剛好那陣子侯府鬧生日，她光備禮就頭痛欲裂，完全把三公子置之腦後。

等紀三公子偷錢、酗酒、賭博、逃學等數罪併發，被二老爺捆起來痛打一頓，奄奄一息的抬回來。佳嵐既震驚又憤怒，一大半對自己憤怒，一小半對著這個不爭氣的青少年發火。

她勉強平靜下來，擦拭浮腫猙獰的傷口，眉頭越皺越緊。

有一點奇怪。

三公子幹嘛去偷錢？跟她要不就好了？雖然還是入不敷出，但公子的月錢她還是收著。孔夫人房裡那麼多丫頭，收鑰匙的管事丫頭在做啥？為什麼會讓已經很少進出的三公子偷去了錢？

酗酒？賭博？三公子很少跟族裡的紈褲子弟來往……事實上就是他沒有足夠的銀子跟那群廝混。沒有錢的庶子，號稱侯府公子，事實上卻是不能承爵的二房庶子。

沒有絲毫來往的價值。

是誰帶他去的？

半個月前還很不服氣的寫策論寫到天將亮，半個月後吃喝賭都全了，還添上偷錢的惡習……這變化也太大。

上好了藥，看著昏迷的三公子，臉孔燒得通紅，發著低低的呻吟，佳嵐扶額，低聲吩咐桃兒給三公子換額頭的涼帕子，掀門簾走出來。

「橘兒，」她喊著年紀最小的丫頭，「去喚公子的小廝墨池。」

「墨池去馬廄了呀。」橘兒嬌憨的說，「現在是玉硯哥哥跟著公子。佳嵐姐姐要找玉硯哥哥嗎？他正在跟杏兒姐姐們說笑話呢。」

佳嵐停下腳步。小廝其實都屬於外院，人事調度她的確不太清楚。

「幾時換的？為什麼換？」她問橘兒。

「幾時……好像十幾天了？聽我乾娘說，玉硯哥哥機靈又討人喜歡，本來是二公子要的，夫人給了三公子，二公子還生好一陣子氣呢。」

……紀二公子的眼光，那絕對不會是好貨。

匆匆走出來，只聽到李兒杏兒清脆的笑聲，還有個剛變聲的公鴨嗓在說笑話。

果然眉清目秀，有點女孩子樣，但那氣質完全的油頭粉面。正是她最討厭的類型……假gay真娘炮。

「佳嵐姐姐！」玉硯嘻皮笑臉的湊過來，「果然三公子屋裡的姐姐妹妹都是美人兒。」

只是佳嵐明顯不領情，面孔寒得可以刮下二兩霜，上下打量了他一眼，「玉硯是吧？應該超過十五歲了？」

「佳嵐姐姐火眼金睛！小弟我正好十五。」玉硯對她拋了個媚眼。

佳嵐卻不再看他，嚴聲問著李兒杏兒，「這麼快就忘了規矩？過了十二歲的小廝不能在後宅亂竄，只能在二門候傳。」她揚高聲音，「是誰把他帶進來的?!不說可能衝撞了夫人們，表小姐也在園子裡住著，衝撞了表小姐豈不是罪該萬死？這過錯誰來扛？」

李兒杏兒大驚失色，「不不不是的！佳嵐姐姐，是他自己進來的！」

「三公子的嘉風樓是菜市場，什麼阿貓阿狗都能踏入是吧？」佳嵐沉下臉，「看起來得去問問管事娘子了。」

李兒杏兒一聲都不敢吭，撲通一聲雙雙跪了下來。

「……臭丫頭，給臉不要臉啊?!」玉硯惱羞成怒，「妳叫！我看妳可以叫誰！我表姑可是夫人的得用人，這園子我哪天不竄個十遍百遍，偏到妳嘴裡就有許多臭規矩！」

佳嵐睥睨的看著他。雖然玉硯高她足足一個頭，但氣勢上絕對是佳嵐壓倒性勝利。

「夫人是吧？那我自己去跟侯夫人請罪。對了，你表姑是哪個嬤嬤？我去跟她賠不是。」

玉硯先是漲紅了臉，卻很快的褪成慘白，訥訥的說不出話。

這就是二房孔夫人最掩耳盜鈴的一點。老要家奴喊她夫人，沒把侯夫人看在眼底……可又底氣不足，不敢公開的主張。

「不記得是哪個表姑？」佳嵐冷冷一笑，「不要緊，侯夫人身邊的嬤嬤也沒多到問不來。」

「妳少囂張，臭丫頭！信不信爺把妳給賣了！」玉硯恐嚇。

佳嵐的笑冷意更深，「我好怕喔……我先去跟侯夫人求情好了。畢竟我的賣身契在侯夫人的奶嬤嬤那兒收著不是嗎？沒記錯的話，家裡下人的賣身契都在那兒，對不？」

她的笑一斂，聲音很輕，只有玉硯聽得到，「臭小子，咱們去管家娘子那兒評評理，看看這規矩還要不要。你是三公子的貼身小廝對吧？三公子被打得起不來，沒道理隨身侍奉的你一棍子都不用挨。」

明明是這樣面薄身怯的小丫頭，但她逼視過來的目光，卻這樣可怕。

望著玉硯落荒而逃的背影，李兒和杏兒哭喪著臉。雖然很崇拜佳嵐姐姐的厲害，但也很怕她的厲害。

「規矩記住了？」佳嵐冷冷的問。

李兒、杏兒拚命點頭，杏兒有些遲疑的說，「那個，玉硯他……他表姑是二夫人那邊的嬤嬤。」

「是喔。誰知道，那個油頭粉面的笨蛋又沒說清楚。」佳嵐毫不在意。

表姑姪這種八百里遠的關係也好意思拿出來扯。再說，既然被派給三公子，孔夫人基本上已經捨棄了這小廝。

只是在利用那傢伙，設法帶歪紀三公子而已。

……這熊孩子怎麼就這麼聽話，說歪就歪成這樣啊?!

她親自出院子去安排囑咐一番，回來的時候，三公子還在發燒說胡話。守在床頭，佳嵐想了很久。

紀晏醒來，看到的就是佳嵐嚴肅著臉的若有所思。

不喜歡這種眼光。他想別開臉，只是輕輕一動，背和臀部的劇痛讓他慘叫一聲。

「喝酒好玩嗎？賭錢好玩嗎？」佳嵐的聲音意外的平靜。

紀晏對她翻白眼，「總比寫策論好玩！……有什麼好瞪的？瞪什麼瞪?!反正我再怎麼努力也就這樣了，連妳都比不上！高興了吧?!」他最後的怒吼帶著哭聲。

唉呀呀。還以為是三分鐘熱度……其實是被我打擊了嗎？跟姐姐我比不對啊，在二十一世紀我好歹是中文系高材生，完全不是為了考試，而是興趣。

但是三公子埋在枕頭啜泣了。

有時候，善意的謊言，也是必要的。

「三公子，你不覺得奇怪嗎？」佳嵐淡淡的笑，「婢子為什麼擅長策論？」

三公子的啜泣緩了下來。

「不只是策論，四書五經，諸般雜學，婢子大半都能背喔。」佳嵐豎起食指，「當然不是我天賦異稟，一出生就會的。」

在枕頭上蹭乾淚痕，三公子狐疑的抬頭看佳嵐。

上、鉤、了～☆

反正被倒賣這麼多手，誰也不能去查驗真偽了。

「我爹也是某大族的世家子弟喔。」佳嵐一本正經的胡扯，「雖然是庶子，祖父在時也是錦衣玉食。他跟侯爺一樣雅好書海，我剛會說話就讓他帶著學認字。」

三公子睜大了眼睛，「那妳怎麼會、會……被賣……」

「因為，他除了看書什麼都不會。祖父過世後就被分出去……書呆子學會吃喝玩樂完蛋得特別快。最後有價值的就是妻子和女兒啦，賣了還可以去煙花柳巷荒唐幾天。」

佳嵐頓了頓，「可惜他寫得一手好策論……卻自命風雅不屑俗事，最後落得賣妻賣女的荒唐下場。」

……喂喂，會不會編得太過火？三公子抖得跟篩子一樣。

「我、我要睡了。」三公子的聲音也很抖，「別、別吵我。」他將頭埋在枕頭裡。還在抖。傷腦筋……以毒攻毒，會不會被毒到自暴自棄？真讓人擔心哪。

但是很快的，佳嵐的擔心轉變為煩心。

人手就是這麼不足，四小水果也得輪班照顧還起不了床的三公子。但是四小水果老被三公子罵得淚奔，藥碗、茶碗和飯碗，都慘遭殲滅的命運，使得赤字不斷擴大。

唯一比較消停的時候，就是佳嵐坐鎮看護的時候。

這根本是雪上加霜啊，佳嵐真的感到很疲倦。

跟其他嗑瓜子閒聊天哄公子的別房一等丫頭不同，在預算呈現赤字狀態，還必須要維持人際關係正常運作的三公子房內第一管事丫頭，需要煩惱的事情無敵多。

雖然是個透明人似的庶子三公子，但該表心意的時候不表，只會讓這種透明狀態更惡化。主子越透明越沒地位，主僕同受其災，誰都能踩一腳。客居在紀侯府的林妹妹……不是，呂表小姐，都相當注意這種細節，人家還是容太君的親外孫女兒。

這是一種內宅的潛規矩，避不掉的。

老爺夫人太君公子小姐的生日，得送禮。體面的管家和管事嬤嬤，得送禮。連各房裡有頭有臉的大丫頭都不能忽略。一年到頭鬧生日就已經相當吃力，三公子的月銀都鋪陳不開了，何況還有大節小節，和公子小姐們臨時興起的詩宴茶會，也得隨份子。

更不要提丫頭嬤嬤婆子收賞銀的惡習，不打賞簡直寸步難行。

難怪以前管事的奶娘乾脆的裝聾作啞，反正應付不上，索性中飽私囊。

但這樣，真的不行，絕對不是佳嵐的行事風格。幸好她讀《紅樓夢》讀到爛熟，到底從中汲取了一點靈感和破解法。

銀子是絕對不足的，但是銀子兌成銅錢，事實上份量很足夠。賞五錢銀子，輕飄飄的被人嫌棄，賞一把銅錢最多不過二十個，裝在荷包裡沉甸甸的，感覺就多很多。

事實上，五錢銀子是半兩，起碼是五百個銅錢呢。這是一種運用常用貨幣和貴金屬的份量欺騙法。

再者，嘉風樓的院子面積很大，但花卉只有一棚薔薇架和一樹玉蘭、小小一池荷花，其他都是不怎麼需要照顧的桃李杏橘等果樹。

這些怎麼都吃不完的水果、自開自謝的花，事實上是很珍貴的、獨屬三公子的資源。

包出去換銀子是不可能，但是和管園子的嬤嬤們私下交易，讓她們來收果子，收一小部分的蜜餞果乾和果酒，那是沒有問題的。這些出產物就能當作禮物，應付一年四季鬧不完的人際往來。

的確是寒酸的禮物……來自二十一世紀的佳嵐慶幸，她出生在一個包裝過度的時代，並且雅好手工藝。柳條草葉這類的材料，院子隨便採採就一大堆，她的中國結也編得還不錯。

所以總是包裝得非常美麗：鮮嫩柳條編成的小籃子，裝盛著細心插好的花朵、繫著精美絡子的素白蜜餞小陶瓶。整個檔次都高貴起來了。幾乎沒有花到什麼錢，效果卻很大。最少富貴過度，開始講求風雅的紀侯府上下很吃這套。

但這代表她每天都忙碌得不可開交，可紀三公子卻在這時候鬧小孩子脾氣。這是虐待童工啊。馬的。要不是老娘是穿越者，誰吃得消這種體力腦力雙重重勞動……大燕朝的傅佳嵐還沒滿十二歲啊靠北邊走啦!!

所以她面無表情的看著橘兒收拾碎碗，冷冷的吩咐，「別扔了。不然上頭查帳拿什麼對帳？嘉風樓在庫房那邊早就超支了。」

橘兒眨著無辜的大眼睛，「可是已經沒有飯碗了。」

佳嵐將手中一大疊的陶碗重重頓下，「一個銅板三個。摔了也不心疼。」跟園子的花匠嬤嬤打好關係最大的優點就是：常有這種便宜的好康。

剛發過脾氣把自己痛得齜牙咧嘴的三公子瞪著她，「阿福用的狗碗就是這種！」

「回公子，阿福的狗碗缺了一個角，這可完整無缺，碗上還畫了兩朵花。」佳嵐平靜的回答。

三公子雷霆一怒時，四小水果倉皇出逃，只有佳嵐姐姐有勇氣和咆哮的三公子對峙。

事實上紀晏不但嚷得嗓子疼，還牽動了後背和臀部的傷，痛得眼淚在眼眶亂轉。但佳嵐卻老神在在，靠著健康敏捷的身手，將所有三公子想砸的瓷器，快一步換上一個銅板三個的粗陶碗。

這個可惡的丫頭！紀晏痛得站也不是坐也不是，瞪著她忿忿的想。

其實還滿好玩的。佳嵐勉強板平嘴角，發現要忍住不笑出來不太容易。

「公子您還是趴著吧。」她很善良的建議。

「閉嘴！爺為什麼要聽妳的！」紀晏憤然一坐，痛得差點又彈起來，為了面子，終於忍住了。嚷得太久，口乾舌燥的紀三公子往桌子一撈……沒撈到茶壺，還是一只粗陶碗。

最後紀晏終於敗陣了。畢竟這頓打非同小可，他能這麼快起床，已經是有傲人的自癒能力，可說是年輕真好的加強版，要恢復到能跟健康的佳嵐丫頭拚手腳快，那是絕對不可能的事情。

罵她，她只是一臉無聊，毫不害怕。恐嚇要揍她，行動不便的紀三公子追不到。

終究他還是端著粗陶碗喝藥，用粗陶碗飲茶，並且用粗陶碗吃飯。

「……我不要用阿福的碗。」他疲倦的抗議，聲量小很多。

「等公子手穩不會摔的時候，再說吧。」佳嵐淡然的回。

許久以後，紀晏悽愴的遙想當年，覺得「阿福碗事件」沒能堅持下去，就是佳嵐的氣勢壓倒他的開始。

這註定了他一輩子被壓落底，永不翻身的命運。

還不知道未來的紀晏，其實還陷入一種難過、憤怒、焦躁得找不到出口，並且無名飢餓的狀態。

他甚至不知道自己為什麼暴躁易怒，發完脾氣明明只剩下空虛而已。

紀昭也挨過打，甚至沒有他這麼嚴重。但是祖母容太君和嫡母孔夫人幾乎哭死過去，容太君還舉起拐杖打過紀二老爺。

全紀侯府的人都去探望過紀昭，明明他只挨了幾棍子而已，沒像紀晏被打掉了半條命，高燒不退。

晴表妹為紀昭哭腫了眼睛，病了一場。嫡母都瘦了一圈。他退燒醒來，身邊只有伏在榻邊睡著的佳嵐丫頭，誰也沒有來。挨打的時候沒有人求情，挨打後沒有人來探視。

其實，我不該活著……或者根本不該出生在這世界上，對吧？

為什麼要生下我呢？既然誰也不要我，為什麼要把我帶來這個人世？好寂寞，好害怕。沒有人要的我，什麼也不會的我……未來該怎麼辦？

我知道的。其實，我真的知道。世家庶子最後會怎麼樣……其實我知道。五歲啟蒙，七歲入學，原本他有個要好的同窗，讓他真正感覺到手足相親的感覺。

但是，他是族叔的孩子。而族叔，是個庶子。在分家後，只分到一些薄產。

紀晏親眼看著原本跟他吃穿打扮差不多的同窗，越來越樸素，然後連吃飽穿暖都是奢求了……終於不再上學。

最後一次看到那個同窗，是他十歲那年的冬天，滿臉髒污的行乞。紀晏喊他，他卻轉身逃跑了，之後再也沒見到他。

這就是為什麼，他一直戰戰兢兢，一天都不敢懈怠的去上學的主因。他偷聽到奶娘輕蔑的評價那個族叔，開玩笑說，紀三公子將來恐怕也是同樣的出路。

他是多麼恐懼，渴望能獲得功名，不要淪落到那種地步。

為什麼我會去做壞事呢？紀晏有點迷糊了。難道就像母親說的一樣，我天生就是個沒用的賤胚子？或許吧……念這麼多年的書，還比不上一個小丫頭。

好累，好煩，好想逃走。但是，我能逃去哪兒呢？

「公子？睡不著嗎？」佳嵐伸手摸了摸紀晏的額頭。

我不想看到妳。一直提醒我……那可怕的未來。連兒女都保不住，變成別人奴才的未來。

「不要煩我。」紀晏喃喃的說。

死丫頭。一點都不像個下人啊可惡。居高臨下的看不起人。

佳嵐嘆氣，「公子，趁傷還沒全好，求夫子原諒，正是時候。錯過這時機就來不及了。」

「反正我連妳都不如！一個奴籍的小丫頭……啊不就好棒棒？妳行可不可以？不要

煩我!!」

佳嵐愣了一下，「『棒』不是個好字眼。」

「什麼啊?!大家都這麼說，哪有什麼好不好？夠了吧，出去！」紀晏的焦躁終於瀕臨爆發點。

但這個年紀應該比他還小幾個月的佳嵐丫頭，卻露出一個微妙的表情，反而在他床側坐下。

「公子，您錯了。」佳嵐沁著一絲微笑，「夫子最好的學生，大概也不如婢子。」語氣一轉輕快，驅散那種莫名詭異的氣氛，「公子，婢子給您說個睡前故事吧。」

「我不想聽！」

「從前有個大國去攻伐甲國，聽說甲國有防備了，就去攻伐乙國……」

「我不是說我不想聽嗎?!」

但是佳嵐實在太會說故事了，煩躁的紀晏都漸漸安靜下來，目眩神馳的聽著精彩的戰爭，栩栩如生的人物相互交戰和爭辯。

「……王子和將軍都主張，是他們捕獲了俘虜。結果找了仲裁者評斷。

結果這個仲裁者說，『問問俘虜不就知道了嗎？』

於是找來這個俘虜，高舉手指著王子說，『這是我們國君的弟弟。』

又垂下手指著將軍說，『這是城外的縣官。現在你可以說，是誰俘虜你的呢？』」

「是將軍抓到的不是嗎？」紀晏聽得入迷，「王子只是搶功而已。」

佳嵐搖搖手指，「錯了。俘虜說，他是被王子打敗的。」

「欸～～怎麼會?!」紀晏錯愕，低頭想了一會兒，「將軍做了什麼讓俘虜怨恨的事嗎？呃，不對。這不是故事吧?!『上下其手』，是《春秋左傳》裡的『伯州犁問囚』！」

「是故事唷。」佳嵐笑得很狡猾，「其實，就算比較艱深，究其底都是有趣的小故事。婢子比公子強的，不過就是對這些小故事著迷，而且有自己的想法。」

「公子，其實『上下其手』並不是『伯州犁問囚』的唯一解。」她站起來，身怯面薄，乍看楚楚可憐，卻有種說不出的強悍，讓她應該如秋暮之蝶的單薄笑意，那樣燦爛不可逼視。

「說不定俘虜真的很恨打敗他的人。這就是您，自己的想法。」她將燈拿出去。

紀晏躺在黑暗中很久，張大了眼睛。

第二天，天才濛濛亮他就起床摸到書房，點起燭火，仔細的看了一遍「伯州犁問囚」。

淨會鬼扯。沒幾個字也讓她胡謅那麼長的故事。

但是，原來是這樣有趣。不用那麼嚴肅緊張的對待。我也可以……有自己的想法。

真奇怪，夫子說過的內容，和佳嵐丫頭的鬼扯差不多說。為什麼……我會背得那麼辛苦和煩躁？

我以前在幹嘛？明明只有夫子會在意我，我卻放棄了。

用過了早膳和藥，紀晏繃著臉，「我要去上學了。去喊人幫我備馬車。」

「是，公子。」佳嵐非常平靜的回答，「已經差人說過了。」

……不要一副「我早知道你會去上學」的樣子好不好？裝一下驚訝和驚喜啊混帳！

他一把奪過佳嵐丫頭幫他備好的書包，一跛一拐的走出去，連軟轎都不肯搭。

要去上學了。

夫子他……會宰了我吧。

紀晏的臉孔驟然發青。嗚嗚，我才活到十二歲……這短暫的人生。吃力的上了馬車，他雙手合十，祈禱夫子今天肚子痛。

那天紀晏正常的在中午就放學回來，安靜的倒在床上，把橘兒嚇個半死，奔出去帶著哭聲對佳嵐喊，「公子不行了！嗚嗚嗚……他不會動了……」

佳嵐很鎮靜的進屋查看，戳了紀晏幾下，安慰橘兒說，「不要怕，還活著。妳看，還會抽搐。」

紀晏翻了白眼，卻依舊無力動彈。佳嵐倒是很漫畫的想到魂已飛起的狀態。

嗚喔，好像被整得很慘。不過夫子願意把三公子整得這麼慘，應該已經原諒他了吧。

……這個沒有良心的女人。紀晏忿忿的想。最沒有良心的地方就是一臉幸災樂禍的平靜。

夫子當然沒有宰了他。但比宰了他還淒慘……當著全堂同窗的面，詢問他偷了多少錢，拿去做什麼，回答慢一點就叫他準備收拾包袱回去。

等他硬著頭皮照實回答後，夫子睥睨的看著他，「連自甘墮落都這種程度而已……你真的只剩下讀書這條路。為了避免大燕朝出現一個不夠格的壞蛋……夫子我就勉強費點心吧。」

這個很愛面子的十二歲少年的自尊受創得體無完膚，更慘的是，夫子給他掛了三個沙袋在手臂（尋常練字只掛一個），蹲著馬步，罰抄了一個上午的書，導致他的手臂完全抬不起來、小腿抽筋，回房除了仆倒在床上，不能掩飾顫抖得宛如打擺子的狀態。

佳嵐丫頭根本就幸災樂禍，幫他塗藥的時候痛下毒手，紀晏慘叫的聲音幾乎貫徹全院，四小水果為之膽寒。

「……妳怎麼能夠這樣對待一個傷患？」紀晏真的快哭出來了。

「回公子，婢子是為您推開瘀血，那才好得快。」

「騙人！妳表情那麼愉快！」紀晏怒吼。

「有嗎？」佳嵐摸著自己的臉，勉強控制表情，「婢子天生笑臉迎人。」

妳鬼扯。明明一年四季都板著一張臉，笑個屁臉。但他實在有些膽寒了，只能將臉一別，掩飾在眼眶打轉的晶瑩淚珠，「……拜託妳不要跟我講話。」

最後他真的沒搞清楚自己是昏倒還是昏睡，等再醒來時已經華燈初上。

完了。夫子給他派了十張的大字，和一篇策論，一個字都還沒動。絕對寫不完了。

他連人都沒叫，自己草草的穿上衣服，很不耐煩的揮開橘兒，衝進書房，開始疾筆直書，晚飯熱了又熱，他焦慮得把人吼出去，一直做功課到夜深。

怎麼辦？連當壞人都不夠格，只能讀書的他……明天怎麼去見夫子？夫子會不會把他趕出去？

「公子，吃飯吧。」終於把事情都安排妥當的佳嵐，提著食盒進來。

「我哪有那個工夫吃飯……」煩躁的紀晏一愣。完了。夫子囑咐過，佳嵐丫頭也得交一份的策論。天，他明明筆記下來，卻完全忘了。

夫子一定會拿掃帚把他趕出去。

佳嵐將食盒放下來，從懷裡掏出一捲紙。一篇謄得整齊清雅的策論，五張模仿他字跡模仿得很像的大字。

「現在，公子可以吃飯了嗎？」佳嵐終於還是笑了，「青菜一直熱不是辦法，婢子在小廚房炒了一份。」

紀晏說不出心裡是什麼滋味。好像是生氣、羞愧，又有一點點開心，然後覺得這點開心很沒面子。好像被耍又好像不是。

「……很好笑嗎？」他絕對不承認自己是惱羞成怒。

帶著哭音又惱羞是滿好笑的。但是覺得這麼認真和慌張，又覺得有點可愛。算了。認真的小孩是該獎勵的。

「公子不喜歡婢子笑，婢子就不笑了。」她淡定的回答，「凡事欲速則不達，餓過頭弄壞了胃，總是不好的。」

紀晏僵著不動，任佳嵐收拾紙筆，從食盒裡拿出兩葷一素的菜，擺設碗筷和添飯。端起飯，他差點掉淚。

她們都是說好聽話而已，其實對他一點都不好，隨時都會轉頭就走。現在幫他偷寫大字，關心他是不是餓著肚子……就是沒有地方可以去而已。

一定是這樣。

「……討厭妳，討厭妳們。想去哪滾去哪好了。」他低頭大口扒飯。

佳嵐卻沒有因此生氣。因為……三公子哭音濃重且顫抖的說出那些話，一點氣勢都沒有。

鬧彆扭的可憐小孩。她在紀三公子房裡快半年了，這孩子簡直是個孤兒……府內哪個大人都沒關心過他，連遣個奴僕來表達一下，都沒有。

「公子喝碗湯吧。」她語氣柔和下來，「不要吃太急。」

紀晏別開臉，「妳走開。」

佳嵐安靜的放下一條絹子，走出去泡茶，刻意在茶水間等了一下。等她端茶回去時，紀晏一直低著頭，喝完茶就匆匆要水洗漱了，逃也似的爬回床上躺平。

真是不會藏東西的小朋友。佳嵐啼笑皆非的從他換下來的外裳袖袋裡，掏出半溼的絹子。

不坦率、彆扭，設法惹人厭，亂發脾氣。但是，即使是庶子的三公子，管事娘子表面上還尊重他的。給他添人很困難，但只要告狀，就能輕易的讓她和四小水果去洗一輩子的衣服了。

跟野貓一樣充滿戒心又渴求溫暖的小朋友……叫姐姐怎麼討厭你？

佳嵐悄悄彎起一抹溫柔的笑，哼著含糊不清的歌，洗了那條浸滿眼淚的絹子。

當然，江山易改，本性難移。絕對不可能因為這個小插曲，三公子就變得友善溫馴，嘴人和暴躁的本性還是時時發作。

四小水果還是怕三公子，所以特別佩服能泰然自若面對火爆三公子的佳嵐姐姐。

明明佳嵐姐姐沒有說什麼，就能夠讓三公子莫名其妙的熄火。

她們很誠懇的討教，佳嵐姐姐想了想，燦爛一笑，「阿福也很凶，但我不怕阿福。」

啊？明明在問三公子，為什麼跳到阿福？

「阿福只是愛叫，其實很可愛。靠近牠會翻肚皮讓人摸肚子。」橘兒滿臉迷惑的說。

佳嵐笑得更燦爛，摸著年紀最小的橘兒的頭，「沒錯，妳完全說對了唷～☆」

四小水果滿頭霧水。直到看到佳嵐姐姐淡定的對亂叫的阿福說，「安靜，坐下。」阿福就發出乞憐的聲音，坐得再端正也沒有。也用同樣的淡定，對著怒吼的三公子說，「公子，喝茶。」公子就安靜下來，端著茶碗說，「我不渴！」聲音就降到喃喃抱怨的程度……

她們好像就體悟到了什麼，開始學會應付三公子了。

一開始，不太順利。

淡定臉可以裝，但是三公子手上有茶的時候，卻不知道該拿什麼湮堵三公子的怒火。

橘兒慌張的把籃子裡的東西一遞，才發現那是剛做好的襪子。「公子這、這是婢子幫您做的襪子！對不住……現在婢子只會做襪子，可、可是婢子認真學了，很快就能幫您做扇套！」

桃兒和李兒看見三公子僵住，趕緊把收到櫃子裡的夏衣捧出來，「我們！也跟佳嵐姐姐學了裁縫……雖然袖子有點大小不一，但是佳嵐姐姐說在家閒穿還是可以的！杏兒也幫您做了香袋……」

啞然好一會兒的三公子紀晏終於開口，「誰、誰希罕啊！等等我就全扔了！給爺穿什麼破布！」就暴躁滿點的揚長而出。

果然很凶的三公子很難應付。

佳嵐面對含淚的四小水果時，非常冷靜，「不用擔心。明天他一定會全部穿上。」

結果，第二天，揚言要扔掉的三公子，緊緊繃著臉卻爆紅，穿著針線不太整齊、橘兒做的襪子，袖子一邊大一邊小的、桃兒和李兒做的夏裳，腰上掛著看不太出來是什麼花的、杏兒繡的香袋，準備去上學了。

……佳嵐姐姐真是太厲害了！

（而且，好神祕，為什麼看到三公子會想到阿福呢？……）

這有什麼？佳嵐在心底偷笑。因為三公子是紀侯府唯一而且真正的小朋友。

「這樣，不會被笑嗎？」年紀最大的桃兒思慮總是比較周密的。

「公子不會在乎的。」佳嵐老神在在，「嘴巴壞只是掩飾害羞而已。」

原來如此。四小水果頓悟了。

不、不知道她們在搞什麼。真是的，明明對她們那麼大聲，結果還是微笑的做衣做鞋，明明每天都很忙，閒下來都在縫補他的衣裳和瑣碎……

都沒有人怕他了！他都沒有尊嚴了！

「爺最討厭消暑飲，沒事喝什麼藥？」好不容易找到發洩怒氣的缺口。

但是，這些討厭的丫頭，每天放學，都端上放在瓦罐泡井裡的、涼絲絲的綠豆湯。我沒有這種分例。讓我習慣了怎麼辦？不要對我太好，討厭鬼。

尤其是佳嵐，最討厭了。她居然縫了一個書包給我。明明用包袱包起來就好了，大家都這樣。誰會用這種單背褡褳，跟別人不一樣。

被人羨慕。

「……不要再這樣。」紀晏發現自己的聲音怎麼這麼軟弱。

「這是應該的呀，公子。」佳嵐依舊淡然，「公子沒有發現嗎？婢子們都不是家生子。能夠依靠的，就是公子而已。公子為官拜相，婢子們能夠繼續服侍公子和少夫人，或者是將來的小小姐和小公子，才是婢子們最好的出路。」

……主子有出息，奴婢才有出路，是嗎？但的確，都是外面買來死契的丫頭呢。家生子的小廝玉硯，在他養傷的時候，已經換去二老爺的書房了。現在上學，只有一個老車夫跟著。

沒有書僮，沒有小廝。誰也不想跟他，誰也對他沒信心。

「煩死了。」紀晏咕噥著，「一群蠢貨。」

還不太會控制自己脾氣的紀晏，學會對著牆壁發脾氣，面對自己的丫頭，雖然還是僵著臉，不怎麼口出惡言了。

佳嵐說得有一點對。這種賣死契的奴僕，沒有關係可走，補不了好缺。連他都不要，這些丫頭太可憐了。

我、我只是同情妳們喔。不要以為我被感動，沒、沒有很相信，只有一點點。

紀晏對四小水果的態度的確比較軟化……起碼不會隨便遷怒了。但對佳嵐，卻還是常常處於額爆青筋的狀態。

總是懊悔，為什麼會在絞盡腦汁寫不出功課的時候向她求助，三言兩語被她耍，往往變成打賭，然後輸掉早膳或晚膳。

雖然都能獲得佳嵐的膳食當交換，但份量和味道絕對是天差地遠。

「公子，」橘兒用氣音小聲提醒他，「不要跟佳嵐姐姐賭食物。」

「吭?!」

「婢子們三個曾經同時輸過晚膳。」橘兒繼續細聲，「佳嵐姐姐一口氣吃掉了四份晚膳……就在婢子們面前。」

她很憂傷，「原來自己的飯被吃掉這麼難過。從那時候起，我們就不敢不聽佳嵐姐姐的話。只啃白饃饃是很傷心的事情。」

「…………」這女人真的沒事嗎？

但是，雖然不應該，他還是偶爾會冒出，「佳嵐比夫子還會教」的錯覺。夫子講的若是沒聽懂，回來問佳嵐就對了。

一定是錯覺。

等他發覺的時候，他已經習慣性的買包子或零食賄賂佳嵐教他破題或講解，避免犧牲自己晚膳的舉動。

有的時候會想，瘦小的佳嵐，到底把大量的食物裝到哪去了……往往看她吃，就會飽到晚膳吃不下。

她一定是個大食妖怪。不要騙了，我看穿妳了。

過完一整個夏天，對大食妖怪的確定並沒有少一點。

但凡事都能夠習慣，所以漸漸的，紀晏習以為常，有時興起還會測試佳嵐能吃到什麼程度。

結果很令人啞口無言，忍不住跟她說，「將來誰能養得起妳這樣的娘子？光吃就破產了。」

剛吃完第十二個大包子的佳嵐斯文的擦擦嘴角，「回公子，婢子總是記得吃個三分飽就好了，並不老像這樣吃到七分飽。」

要用兩隻手才捧得起來的大包子十二個……還七分飽！妳的腸胃真的沒事嗎?!

結果佳嵐還如常的吃了自己的晚膳，讓紀晏替她感到胃痛。

但用食物賄賂佳嵐的成效真的很好，向來嚴峻的夫子破天荒的誇獎了紀晏……他很平靜的道謝，可沒有特別高興。

不是佳嵐額外的補習，他也不會進步這麼快。再說，進步再多，對「傅佳嵐」仍然望塵莫及。

事實上，夫子已經把「傅佳嵐」的策論貼在牆上，拿來鞭策全堂同窗了。連他們族學最厲害的少年秀才，看了「傅佳嵐」的策論都面如死灰，夫子還涼涼的說，「傅佳嵐」並未從學，完全自修，今年還沒滿十二歲。

看著全堂備受打擊的痛苦模樣，坦白說，紀晏心裡有點爽。才不要告訴別人，傅佳嵐到底何許人也。想想吧，誰家能有這麼天才的丫頭，還是他的大丫頭。這多不容易啊！能夠活生生打敗眼睛長在額頭上的那群「才子」。

雖然秋老虎很猛，但他心情還是非常愉快，買了一大包據說很好吃的紅豆饅頭回去犒賞永遠吃不飽的佳嵐。

走進二門，阿福狂搖尾的雀躍上前迎接，紀晏站定，「喂，不行喔。敢跟她搶食物……阿福你不想活了？」

阿福發出可憐的聲音，大眼睛水汪汪的看著他。

坐下快到他胸口的大狗，這副表情實在是……非常投錯胎。

「你明明是獵犬，為什麼裝出那種哈巴兒的模樣？」紀晏發牢騷，摸了摸阿福的大腦袋，「只能一個喔。不是不給你，實在是怕你被追殺，明白嗎？哈哈，哈哈……吃紅豆饅頭啦，不要舔我的手心……」

他難得露出晴朗的神情，溫柔的摸阿福的頭。

「三公子，那狗很髒呢，當心不要被咬啊。」黃鶯般的聲音，在他背後響起，一群丫頭也跟著笑。

紀晏轉頭，看到二公子房裡的大丫頭妙雙拿著帕子掩嘴，「那狗不知道多久沒洗澡了。」

「三公子一定不怕的。三公子，您找劉姨娘嗎？不巧劉姨娘被夫人罰跪了。」

「據說劉姨娘咬了老爺的丫頭白蓉呢。」

「哦，難怪三公子不怕。」

笑聲越來越大，越來越輕蔑和看熱鬧。

「欸，我怎麼會怕阿福啊？」紀晏對著妙雙笑吟吟，一個箭步衝上去，一把抓住妙雙的手，「我都敢摸妙雙姐姐，還有什麼不敢？我跟二哥討要妳吧妙雙姐姐，妳都這麼關心我了。」

眾丫頭尖叫，妙雙好不容易哭哭啼啼的掙脫了紀晏的手，轉身跑光了。

紀晏看了看被抓傷的手，拚命想把粗喘的氣息平穩下來。阿福拱了拱他，嗚嗚的低嗚。

我沒事。真的，我沒事。你看，我甚至沒弄髒書包，紅豆饅頭也好好的包在紙包裡。

有這樣的生母註定要被嘲笑。

「公子。」

他猛然回頭，看到佳嵐無風無雨平靜的臉孔。

「妳怎麼在這兒？」他別開頭，有些狼狽的。

「二夫人將灑掃嬤嬤的人數補足了，婢子去謝恩。」她的語氣依舊平靜，「想到公子快放學了，過來接公子。」

沉默了一會兒，「……妳都看到了？」

「是。」

紀晏轉身就走，佳嵐默默的跟在他後面。

走了一段路，紀晏沒回頭，「妳不罵我嗎？」

「為什麼？」佳嵐語氣還是平穩。

「因為，這樣是不要臉，一定要被罵的啊！」紀晏暴躁起來，「好像我有毒一樣，被摸一下手就尖叫哭喊！換成是昭哥兒不要說牽手，連胭脂都紅著臉湊上去讓他吃！這實在……」

佳嵐伸出手，紀晏反而噎住了。「妳幹嘛？」

她考慮了一下，「婢子走得有點累，公子牽我一下好嗎？」

紀晏僵了一會兒，才握住她的手，「妳、妳小孩子嗎？還、還要人家牽。下、下下不為例！」

這麼小的手，還有一點點繭。誰都討厭他，嘲笑他。或許……這個大食妖怪是個善良的妖怪。

好想哭，好想大哭。

「公子，反擊的時候還是選一下方式比較好。」

「囉唆！」他卻把牽著的手握緊一點。

快到嘉風樓，他才訕訕的把手放開。多大了，還手牽手。

「今天，夫子誇獎我了。」他衝口而出。

「其實早該誇獎了。」佳嵐笑了笑，「公子進步很大呢。」

「反正怎麼也趕不上妳……只好跟自己比。」他心情莫名好起來，「喏，紅豆饅頭。那個……我吃不完。妳還是跟小水果她們一起吃吧，不要以為自己腸胃很好。」

「是，公子。」佳嵐接過紅豆饅頭。

越來越覺得可愛了，這小孩。佳嵐默默的想。可惜可愛不了多久……就得被迫長大了。

孔夫人突然派人來三公子房裡，絕對不是什麼好事。仔細想……應該是二公子越來越荒唐，三公子越來越勤學吧。

佳嵐嘆氣。正妻對細姨生的孩子看不順眼，似乎也無可厚非。但是搞情蒐總覺得有點過火。

她希望只是自己想太多，結果卻只讓她感嘆自己太未卜先知。

九月初，二公子和孔夫人的丫頭鬼混，結果被震怒的孔夫人棒打鴛鴦，那丫頭羞憤投井了。這個八卦讓佳嵐沁出一層冷汗，因為跟《紅樓夢》裡的金釧兒事件幾乎一模一樣。

她小心翼翼的旁敲側擊，讀書讀得滿眼昏花的紀晏抬頭看她，「有點可憐。妳有空去拈個香，咱們還有錢嗎？送一點奠儀表心意。」就低頭繼續和《禮記》奮鬥。

咦？這麼說來，咱們偽賈環紀晏同學，忙得沒時間去告狀吧？那當然也不會出什麼事……

結果來自二十一世紀的佳嵐，還是太淺。

東窗事發的二公子紀昭，被盛怒的二老爺揍到一半，結果嘉風樓灑掃婆子和妙雙舉證歷歷，變成跟丫頭鬼混的是三公子，孔夫人哭訴是因為慈母心才不忍告發。

百口莫辯的紀晏被逮去揍掉半條命，驚動了紀侯爺來求情，才免於一死。

真沒想到，還能夠栽贓嫁禍，轉移焦點。

最後管家的世子夫人出面嚴查，終於還了三公子清白，將那個誣告的灑掃嬤嬤打了五十棍，闔家趕出府，但妙雙在二公子的淚海戰術和孔夫人的力保下，不痛不癢的革了一年的月銀。

但打都已經打了，躺在床上的紀晏，前三天都沒有開口，連呻吟都沒有發出一聲。

佳嵐衣不解帶的陪在他身邊，幾乎沒有闔眼。

終於，紀晏望著佳嵐落淚……這也是佳嵐最後一次看到紀三公子的眼淚。

他從一個還抱著一絲親情希望的孩子，蛻變長大，成為大燕朝後宅適應生存的少年公子。

一直把他當成小朋友兼老闆的佳嵐，終於還是動容了。

只調養了半個月，紀晏能夠掙扎起身，就準備去上學了。特別挑在佳嵐早晨必須分派工作，只派橘兒服侍他的時候偷溜，佳嵐驚覺追上去時，一跛一拐的三公子頭也不回。

「紀晏！」情急之下，佳嵐脫口而出。

他停下腳步，轉身皺眉的看著佳嵐，「亂了尊卑，革妳一個月的月錢。」定定的看著她，「不要讓人捉到尾巴。萬一妳和小水果都被弄走……如何是好。」

他艱難的跛行，走到佳嵐面前，不知不覺，已經比她高半個頭。

一定要有出息。不然她們該何去何從？只有小水果才會關注他，哭著說公子好可憐。

只有佳嵐會整夜整夜的看顧他，不闔眼的餵水擦冷汗……像個親人一樣。

慢慢漾起一抹無可奈何，堅強又溫柔的笑，伸手摸了摸佳嵐的頭，「放心。我是妳們的公子……那就該有一個公子應當的模樣。」

那充滿憂思卻成熟的笑，如此刺痛，莫名的紅了眼。佳嵐怔怔的站在原地，看著踧行單薄的小公子，一步步走出視線。

該死的大燕朝。該死的微紅樓內宅。佳嵐的淚滑下臉頰。為什麼把一個孩子硬生生逼得一夜長大。

跳過童年，順便跳過歡笑躁動的青春期。她見證了一個彆扭渴求關愛會使性子的小男孩，歷經種種壓迫掙扎後，痛苦成熟長大的過程。

為什麼他的父母兄弟無動無衷？怎麼可以是婢女的我……這樣心痛如絞？

「佳嵐姐姐！」追出來的橘兒有點擔心，「呃，公子罵妳是嗎？其實公子心裡不好受……不要放在心上……」

李兒杏兒一起附和，「是呀是呀，佳嵐姐姐不要難過。公子其實更難過……」

桃兒紅著眼眶低下頭，「……太不公平了。所以……佳嵐姐姐……」

「公子沒有罵我。」佳嵐遠望。「我將來，要成為管事娘子，一直侍奉公子和未來的少夫人。」

是。她其實想明白了。照著鏡子，她煩惱的隱憂一天天的浮現。這個寄居的「佳嵐」，越來越美麗，已經有閒花照水的雛形，越來越像個小白花型狐狸精。

在這個沒有人身保障的時代，尋常百姓家恐怕保不住這種美貌的娘子。她曾經想過嫁個小管事也可以，但她既然是三公子的親信，孔夫人只會隨便將她配個吃喝嫖賭兼有的小廝。

幹嘛這樣糟蹋自己？她不如自梳不嫁，一直當三公子的丫頭，年紀大了當他的管事娘子，一直忠心耿耿的服侍他。

當個大燕朝的黑執事，應該也相當有趣。這是一個，值得的賭注。

她絕對不承認是因為三公子的笑給賣了。

「我！」橘兒舉手，「我當小管事娘子就好了！給佳嵐姐姐打下手……」

「好賊！不可以！」李兒大驚失色，「人家也想給佳嵐姐姐打下手！」

「哼哼，我繡花最讚，不用跟妳們搶。我管針線房就好了。」杏兒笑得很得意。

「妳們都太淺了。」桃兒搖手指，「等佳嵐姐姐嫁出去，我就是總領三公子房裡的老大啦！」她非常有鬥志的握緊拳頭。

佳嵐睥睨她，「……妳現在就謀奪篡位啊？我要自梳不嫁呢。」

「欸~不行啦！這樣我哪天可以當老大！」桃兒喊了起來。

笑鬧了一陣子，又齊齊安靜了下來。原本有點迷茫、哀戚的氣氛，終於一掃而空。

「加油吧。」佳嵐說。

「嗯。」四小水果應了，笑著迎接一日的忙碌。

不知道佳嵐和小水果們真心賣給他的紀晏，滿頭冷汗的到了族學，以為會接受一波冷嘲熱諷的冷眼對待，和夫子嚴厲的體罰與沉重的功課……

沒想到同窗關懷備至，還有人滿眼同情的欲言又止。

奇怪，怎麼會這樣？

後來夫子看到他，只淡淡的點頭，課後將他留下來，也只是給他一瓶棒瘡藥。

好想哭，但眼睛卻這樣乾涸。他跪下來，慎重的磕頭道謝。

「你夫子還沒死，不要沒事就跪。」夫子嘆息，「小杖則受，大杖則走。不要傻傻的挨打。」

「……是。」紀晏躬身回答。

「坐吧。雖說該勤勉，但也不要抱病前來。多休幾天也不會怎麼樣……夫子准了。」

坐得端正的紀晏，浮出一絲無奈的笑容，最後還是沒有抱怨訴苦，「夫子，學生已無礙。請夫子多多教誨學生。」

夫子差點落淚。頑石終於開竅，漸漸有個模樣，卻遭逢這樣的誣陷和打擊。這麼多年的師生之情，他怎麼可能無動於衷。

「……你下午也來學堂吧。」夫子壓抑情緒，淡淡的說。

紀晏驚愕的看著夫子，下午也上學的只有取得秀才資格的學長。

「你還跟不上學長，但是能好好的在課堂完成功課。」夫子輕嘆，「總能多請教學長……或者夫子我。」

果然。唯一會在意他的大人，只有夫子。

「謝夫子。」他吃力的，深深一揖。

等紀晏走了以後，夫子還托腮冥思，直到書僮稟報紀侯爺來訪。

「不見！」夫子怒氣爆發的說。

「……別這樣。」紀侯爺無奈，「我又不是故意的。」

「你這嘴巴不牢的混帳！」夫子扔過鎮紙，「差點害慘了我的學生！」

紀侯爺抱頭鼠竄，「冤枉啊！我只是一時太高興，跟我娘說了，怎麼知道我娘會跟弟媳說……」

「所以你只能一輩子當書蠹蟲可惡！」夫子拍案大叫，「將來別想我再告訴你任何事！」

紀侯爺嘆氣，心裡其實滿懊悔的。

作為一個嗜書如命的侯爺，人生最大的遺憾就是，註定承爵的他，沒有資格科舉，只能在家當書蠹蟲。親生兒子聰慧，可惜除了算盤和帳簿，捧起正經書本只會猛打瞌睡。

那個裝模作樣的弟弟就不要提了，只一味的風花雪月，事實上就是個繡花枕頭。姪兒紀昭，跟他爹是一路的貨。

滿腹才學只能空對四壁詩書，唯一氣味相投的老友就是夫子紀適之。

結果老友喜孜孜的告訴他，一屋子草包裡，出了一個堪造就的三公子紀晏，他大喜過望，難免嘴巴不嚴。

誰知道他弟媳實在太殺了，險些就坑殺了紀晏的未來。

「我已經讓我兒媳多看著點……隔房的事我頂多能做到這樣。」紀侯爺搔了搔頭，「你一定不會告訴我，傳小才子到底是誰了吧？」

「告訴你好被害死嗎？」夫子咬牙切齒，「滾滾！我要跟你割袍斷義！」

「……能不能先告訴我傳小才子到底是我家的誰再割袍？」

夫子瞪著紀侯爺好一會兒，「來人啊！送客！」

「好歹我是個侯爺，能尊重我一點嗎？」紀侯爺叫了。

夫子的回答是，迎面而來的《禮記》和《春秋》。

從秋而冬，紀三公子恢復之前透明人的形態，幾乎被刻意的忽視。

直到申時初（下午三點）才放學的紀晏，也幾乎不太與人交集，有段時間很平靜。

他似乎變壞了。

只要有別房的丫頭出現在他周圍三尺，總是會被他調笑得哭出來，人人看到他如臨大敵退避三舍。放學後也耽於逸樂，總是和他房裡的丫頭蹴鞠或踢毽子，一副沒出息的樣子。

孔夫人遣嬤嬤去送東西或詢問起居，不是聽到三公子砸著茶碗罵丫頭，就是有骰子響動的聲音。

「那個，」橘兒笑得很尷尬，接過裘衣的包袱，「王嬤嬤，公子有點忙……改天去跟夫人謝恩好嗎？」

王嬤嬤聽著三公子高聲的怒罵和砸瓷器的響聲，還有佳嵐低聲焦慮的討饒，壓抑著滿懷快意，假作不知的問，「妳們佳嵐姐姐呢？夫人還有幾句話要交代她。」

「那那……」橘兒的臉越來越紅，「佳嵐姐姐現在……有點忙。嬤嬤跟我說也是一樣的。」

折騰到橘兒快掉眼淚，王嬤嬤才得意的走了。

在院子口掃地的桃兒看王嬤嬤走遠，趕緊揮手。假哭的橘兒鬆了口氣，壓低聲音說，「走了走了！」

在書房的佳嵐，一把按住差點摔了的粗陶碗，「夠了！一文錢三個！公子剛砸了三文錢！」

紀晏一歪倒在椅子上，「天幸她走了。爺已經吼得沒詞兼沙啞了。」

送茶進來的李兒噗嗤一聲笑了出來，埋頭做針線的杏兒忍得肩膀一聳一聳。

「有完沒完天天來狙擊。」桃兒走進來，很大人樣的嘆氣。

「沒辦法。」紀晏拿書蓋著臉，「不自污無以安生。」

這就是三公子「墮落」的真相。

不想給人破綻，讓人耍著玩，就主動攻擊，調戲得整府的丫頭都憎惡他。甚至在孔夫人的耳目來的時候，必須演戲給她們看。

傷癒之後，他對自己身邊人有種戒慎恐懼的愛惜。聽大夫說他向來體健，才能痊癒得快……他開始憂心佳嵐和小水果們四肢不勤，萬一被栽贓嫁禍，熬不過杖……他沒辦法忍受這樣的損失。

有回放學晚了，路經二老爺的書房，聽到可疑的聲音。他以為父親生病，卻不慎目睹了酒醉的父親正在逼迫某個丫頭。

總有一天，佳嵐她們會長大。遇到這樣的事情……該怎麼辦？他能保住她們嗎？

這些心事，他不敢告訴這些年幼的丫頭，只是纏著她們陪他蹴鞠踢毽子，而且嚴厲的命令她們，絕對不可以跟他以外的主子獨處，萬一的時候，逃跑就對了。

小水果們是懵懵懂懂的應好，只有佳嵐若有所思的看他一眼。

「……我不會害妳們。」和佳嵐在書房奮鬥的時候，紀晏滿懷心事的說。

「是，公子。」佳嵐研究似的看著他，「公子，有什麼心事嗎？」

「沒有。」紀晏飛快的回答，頓了一下，「不要問。」

他感到輕微的噁心，和很多的震驚。視覺的衝擊實在太大，父親剝下聖人面具的模樣，徹底擊碎了他對父親最後的一點孺慕。

另一方面，他又有很重的罪惡感。明明那丫頭狂喊救命，聲音那樣的淒厲……沒有救她就算了，他居然有一點點羞恥的亢奮，晚上甚至做春夢。

我不要變成一個，卑劣的人。夫子會對我很失望……佳嵐她們也會恐懼我。

「公子，你在冒冷汗。」佳嵐遞過帕子，「沒事的。」

紀晏連帕子帶手一起握著，一下下就放開了。「我會保護妳們……我是妳們的公子。」

佳嵐搔了搔頭，只能一笑。

其實她猜到幾分，只是不知道大燕朝性教育該怎麼啟蒙，只好裝聾作啞。頭回收拾到夢遺的褲子，害她想了好半天才領悟到自己看到什麼。

最後只能背著人偷偷洗了那條褻褲。但她的尷尬沒維持多久，三公子雖然力持鎮靜，卻有幾天如驚弓之鳥，小水果碰到他一下都會驚跳，而且再也不讓人服侍入浴，並且滿懷心事的拖著她們蹴鞠踢毽子。

在這種微紅樓式的深宅大院，常常有些骯髒事。對小孩子的影響真的非常惡劣。

但是，這孩子很不錯，不是嗎？

沒有人教他如何處理衝動，他並沒有像賈寶玉那樣拉襲人共赴雲雨的解決——賈寶玉初試雲雨情只有十二歲。

同樣滿十二歲的紀晏，是憂心忡忡的用他的辦法，試圖保護他的丫頭……而不是宣洩欲望。

有些時候覺得，長相平平的三公子，真的有點帥。

然後，迎接了新的一年。

年初一的時候，三公子賭錢輸了，把銅錢砸在二公子紀昭的身上，榮獲禁足到元宵的處罰。

「……大年初一的，何必這樣啊？」佳嵐很囧的問，「公子想一整年都被禁足嗎？」

「不想應酬他們了。」紀晏無所謂，「開春夫子要考今年春闈的題目，當堂考欸！答不上來很丟人……妳也加減讀一下吧！夫子一定也會考妳。」

「婢子不用讀也比人強了，不想太打擊諸位公子。」

「……………」

整個禁足期間，紀晏不是拉著佳嵐苦讀（兼補習），就是拉隊堆雪人和打雪仗。美其名為「鍛鍊體魄」，事實上他自己也玩得滿樂的。

心境已經很蒼老的佳嵐往往討饒，實在玩不過這群小朋友，卻往往是被雪球砸得最慘的一個。

從衣襟掏出雪塊，佳嵐冷冷的問，「我得罪你們嗎？」

「會寫策論沒什麼了不起。」紀晏陶醉於精神勝利中。

「佳嵐姐姐快嫁吧！我才能當三房的老大！」桃兒喔呵呵的笑。

剩下的三個小水果只是亢奮的亂丟雪球。

幼稚。佳嵐開始覺得當個幼兒班老師可能不是個輕鬆差事。

但是才過了元宵，準備春衣時，才發現三房的諸位小朋友都竄高了……唯一成長緩慢的只有向來吃太多的佳嵐。

尤其是唯一的男生，紀三公子，足足竄高了一個個頭，幸好春衣本來就留了足夠的尺頭，不然照裁等開春會太短。

大概是足夠的營養和規律的運動，讓這些面色紅潤的小朋友長得很快吧。至於自己成長過緩……佳嵐安慰自己，應該是屬於晚熟那型。不然身高一直被超車，真的會有心理傷痕。

「奇怪，」紀晏一臉糊塗的進門，「堂哥突然送我一匹馬，他的護衛居然要教我騎馬。」

堂哥？世子爺嗎？佳嵐深思了。人情往來也頂多到世子夫人，他們和世子爺幾乎沒有交集。

剛入二月，這真奇怪。更奇怪的是，入春人事調動，嘉風樓的灑掃嬤嬤全換了一輪。她小心翼翼的探查這些嬤嬤的來歷，發現大部分是世子夫人陪嫁的下人，恭謹的讓人發毛。

認真到不行，整個庭院打理的乾乾淨淨，甚至還來疏果，客氣得要命，害她們有一陣子閒得不自在。

「……世子爺有說為什麼嗎？」佳嵐覺得不可思議。

「堂哥也送馬給了昭哥兒。」紀晏搔搔頭，「他是說，我們年紀都大了，外出乘馬車不好看。只是……為什麼有我的份？」

聽起來像是個好理由。「是夫子說了什麼嗎？」

「欸，對喔。聽說夫子和伯父是同窗好友。」紀晏恍然大悟。

佳嵐還在低頭沉思，看已經矮他一個頭的大丫頭，紀晏覺得有點好笑。故做老成，才氣無人可比，吃得比誰都多，結果長不了個子。

忍不住揉了揉她的腦袋，「別想了。送了就收著，堂哥也沒理由讓我跌斷腿。」

「不要摸我腦袋！」佳嵐護著頭嚷，被小孩子摸頭，太丟臉。

「自稱婢子啦，笨ㄚ頭。被人逮到小辮子就慘了。」逗她真好玩。他自覺帥氣的揮揮手，「我只是回來換衣服，騎馬欸，學會可以騎著上學了。對了，記得餵阿福喔。」

「阿福明明是外院養的狗，為什麼變成咱們院子在餵？」佳嵐抱怨。

但是紀晏只是意味不明的彎了彎嘴角，換了衣服就興致勃勃的去試馬了。

結果等佳嵐餵阿福的時候，四小水果不斷的吃吃笑。

「妳們是扭到笑筋還是怎麼了？」佳嵐滿頭霧水。

笑了半天，橘兒才勉強憋住，「佳、佳嵐姐姐……公子最喜歡摸阿福的腦袋……噗，跟摸妳腦袋是一模一樣的……哈哈哈！」

……死小鬼！難怪還囑咐她餵阿福！長得高了不起啊！

「今天妳們通通沒有蛋炒飯吃了。」佳嵐冷冷的轉頭。

「欸～」四小水果慌張了，「不要惱羞成怒啊佳嵐姐姐～！」

是的，過個年，嘉風樓的少年主僕，通通體會了抽個子吃不飽的痛苦。常常吃過飯沒半個時辰就全體又餓了。而三公子稀微的荷包，終於宣告戰敗，沒辦法天天買包子餵全院的小朋友。

丫頭這職位，就是要無師自通的十項全能。但就像五個丫頭都苦學女紅，只有杏兒笑傲江湖，其他人只到裁衣，繡花是全面性的慘敗。廚藝這回事，人人都學到會燒火，但能做出足以入口的食物，只有佳嵐一枝獨秀。

雖然她最擅長的，也只是蔥花蛋炒飯。但是味道不錯、份量足夠，價格也是破天荒的便宜，足夠應付吃窮老子的一票半大小朋友。

這群叛逆的死小鬼。煮飯餵他們真是太虧了。

* * *

終於趕在族學開學的時候，將新的春裝縫製好，捽了半個月的三公子紀晏，非常淡定的騎馬上學了。

「……公子，還是搭馬車吧。」佳嵐有點憂心。

「我行的。」他擺了擺手，「在校技場騎不會進步。」

在車水馬龍的大馬路上，摔了可不是好玩的。

「妳擔心嗎？」紀晏語氣放柔，「我沒有忘記，我是妳們的公子。」揮揮手就走了。

……要不要時不時就帥一下？

不過，騎馬上學了十天，紀晏每天都跟她報備，沒有摔。害她老是感到鼻酸。

但第十一天，二月末，紀晏煩惱了一夜，還是告訴她，要搭馬車。

「倒春寒是挺冷的。」佳嵐表示諒解。

「……妳要跟我一起去族學。」紀晏遲疑了一下說。

「公子，上學堂應該帶書僮，不應該帶丫頭吧？」佳嵐訝異了，雖然他一直沒有書僮。

紀晏陷入沉默。好一會兒才說，「夫子指定妳去……隨堂考。」

哈?!

佳嵐指著自己，紀晏默默的點頭。

「為什麼？」

「春闈的題目，夫子拿到了，所以要隨堂考。」紀晏皺眉，「夫子要妳跟我去，會安排妳在內室考，不會碰到別人。」

他無法拒絕夫子，但不知道為什麼，他不想被人發現佳嵐的厲害。這應該是獨屬他的祕密。

「我能爭到的就是，讓妳在內室考。」他有點黯然的說。

「夫子應該是要鞭策全學堂的公子吧。」佳嵐表情很輕鬆，「沒問題，婢子會好好鞭策各位公子。」

……妳一定要這麼誠實嗎喂?!不要一副很高興想痛宰人的樣子啊混帳！

「咦？公子希望婢子放水嗎？」發現紀晏臉都黑了，佳嵐很善良的建議。

「不用！」紀晏想了想，「反正不是我一個人被宰……全力以赴吧！」

「………………」

是日，紀晏帶著佳嵐穿過二門往正門走去，這才發現路途非常遙遠，起碼也走了兩刻鐘（半個鐘頭）。

古代豪宅真坑人。佳嵐很感慨。難怪《紅樓夢》裡都得車轎代步，不然光請安就走死人，何況出門。三公子素來體健……大概是他總是徒步，沒得搭車轎，鍛鍊有素的緣故。

其實佳嵐也會出門，大燕朝內宅關的是夫人小姐，對丫頭婆子的約束鬆弛許多。她往往不得不外出洽公——總不能老拜託人去買陶碗，有些分例發下來只讓人無言，還是得出門去買辦。

但是一房之長的大丫頭得出門買辦，事實上頗辛酸。別房有奶娘奶公奶兄弟可以跑腿，三公子屋內只能讓年紀最大的大丫頭出去辦這些雜事……可見地位之低。

佳嵐不敢遣四小水果出門，就是怕被拐了。嘉風樓園子後面有個角門，非常近，她也把上街當作「清明上河圖之旅」。可她真沒想到往正門得這麼遠……

三公子居然七歲起就這樣每日來去……不對，如果算上晨昏定省，每日里程數不可算計。

讓她奇怪的是，守二門外院種種門的都不是二房的人，簡直是一路讓大房（紀侯爺）的人保送出去，佳嵐很摸不著頭腦。

「公子今日不用請安嗎？」看到馬車在偏門等，她還是問了。

「侯爺遣人跟我說，今日堂考，請安他會幫我說。」三公子摸了摸腦袋，「欸？好像哪裡怪怪的……」

是很怪啊。但是思忖半天，佳嵐還真想不出有什麼漏洞。侯爺這樣好像在掩護他們。雖然不知道為什麼，但侯爺不可能跟孔夫人勾結，那個只會蛀書的侯爺不會無聊到參與二房的嫡母整庶子……吧。

這個隨堂考真的很重要嗎？

一路上佳嵐深思，紀晏也有些惴惴。但到了族學，發現他們來得太早，佳嵐一路到內室沒碰到半個人。

「公子，為何這麼早來？」佳嵐有些不安。

「不知道，夫子說的。」紀晏皺眉，「妳……妳在這兒等，別關門。」他開始憂心忡忡，「遇到什麼……什麼不舒服的事情，妳就跑，不要怕羞，大聲喊。學堂跟妳只隔一道牆。」

自從發現父親可怕的另一面，他就開始懷疑所有大人了。雖然不願意這樣忖度夫子……還是會恐懼。

……這孩子在說什麼啊？難道……

「公子！」佳嵐非常緊張，「是不是……是不是學堂上的誰，對您做奇怪的事?!」

紀晏愣然了一下，笑罵道，「妳腦子都裝些什麼啊？笨丫頭！」他對自己的杯弓蛇影感到很好笑，「別亂想。」

就是，別亂想。夫子和父親是不同的。他居然還會懷疑。

佳嵐定定的看著他，有些憂色，「有的話，一定要告訴婢子。」

「嗤。」紀晏摸了摸她的腦袋笑，「神裡神經。」就走出去，到隔壁的學堂。

告訴妳能幹嘛啦。故做大人樣，自己還是個長不高的傻丫頭。他攤開書的時候還在笑，但是原本為了堂考不安的心情卻寧定很多，專心溫書了。

坐在擺滿紙筆墨硯的小桌上，佳嵐嘆氣。內宅真不是養孩子的好地方，適應混亂後宅的少年，會戒慎恐懼的懷疑所有大人。

讓人有點心疼。

隨便翻書了小半個時辰，才聽到隔壁學堂漸漸熱鬧起來，又半個時辰，夫子的小婢都過來送了兩次茶，才聽到一個咳嗽聲，安靜下來，應該是夫子來了。

正坐得無聊，夫子已經邁進內室，佳嵐站起來，謙恭的福禮。

雖然鬢角飄霜，蓄著美髯，夫子臉上的皺紋還不太多，是個風度翩翩的後中年書生。嚴肅的打量她，「傅佳嵐？」

「婢子在。」佳嵐應聲。

但是夫子的臉孔卻扭曲了一下，好一會兒才出聲，「有教無類，在族學，自稱學生即可。」

……奴籍的丫頭片子能當學生嗎？

啞然了一會兒，佳嵐溫馴的回答，「學生從命。」

夫子默默的遞給她一卷命題，「好生作答。」就在一旁的椅子上坐下，小婢遞上茶。

欸?!為什麼我一個人獨享專人監考的待遇？這公平嗎?!

想問吧？不敢。不問吧，滿頭問號。最後她還是乖乖打開命題，仔細研讀。慢慢皺起猶有稚氣的秀眉。

她是聽說，這紙題目是今春開考的童生試，科舉第一關。她想過試題會很簡單……卻沒想到這樣簡單。

出自《論語》，「賢賢易色」。意思非常淺白，就是能轉移愛美之心去敬愛賢者。這題目也太初階！簡直就是簡單電腦場，可以拿到人頭十幾二十個那種。沒想到童生試如此放水。

她磨墨，然後打了草稿……其實只是分出大綱而已。接著只是按著大綱書寫一篇引經據典的論說文，難免穿插她充滿吐槽風格的文風。

寫完不到半個時辰，不懂這種題目為什麼需要考一整天。放下筆晾文時，夫子走到她身邊，瞪視她剛出爐的策論。然後就把筆墨尚未全乾的策論拿起來，走出內室。

大約過了兩刻鐘，小婢拿過來兩個題目，說夫子讓她繼續做。

……不是聽說只考一題嗎？為什麼我要多考？佳嵐搔首，兩個題目稍微難一點，甚至是直白不拋書包的命題。一個題目問的意思是「何謂穀賤傷農」，一個問的是「如何平準*」。

佳嵐不知道這兩個題目讓諸多春闈學子大翻船，只是驚嘆大燕朝的科考命題一點都不八股，非常有挑戰性。

這次她比較認真，用了足足兩個時辰寫完這兩個命題，洋洋灑灑一大篇。

夫子看了倒沒說什麼，只是問了紀晏的起居，佳嵐小心翼翼，撿能說的答了。卻沒想到看到夫子眼眶紅，有些失措，卻也有點感動，覺得這個夫子在二十一世紀大概可以拿個教師獎之類的。

中午時夫子留飯，特別讓她在內室用，帶著紀晏在外面吃了。之後跟她和紀晏講了一節「賢哉回也」，送佳嵐紙筆，然後才特別遣車送他們倆回靠近嘉風樓的角門。

這兩個迷迷糊糊的小傢伙不知道的是，他們走了以後，夫子控著臉走到族學附屬園子的書舍，紀侯爺搖頭晃腦的吟詠著策論，讀到妙處，正在拍膝叫好。

「好什麼好?!」夫子吼了，「為什麼你們侯府出的唯一人才是個丫頭?!」

紀侯爺啞然，「……地靈人傑，有一個人才就很了不起了，何況鐘天地之靈氣？簡

＊平準：平穩物價使其合於標準。亦為職官名，漢武帝時設有掌管物價平準事宜的官員。

直有東方朔之風啊，你有什麼不滿？」

「那丫頭是你生的還是你弟弟生的啊？好意思給自己戴高帽！」夫子氣得扔了一卷書過去，說著說著又垂淚，「教了幾十年書，才遇到一個絕佳的苗子……真的是她啊，我親眼看著她寫啊！美玉污於泥淖，其傷君子，何以乖蹇……」立刻演繹「捶胸頓足」的現場版。

「呃，也是有女君子之說啦。」紀侯爺漫不經心的回答，眼睛還牢牢盯在佳嵐寫的策論上。「好！放眼京城，那些京畿秀才都成了贗品了。」

「你應該說，滿京城秀才，居然沒有人贏得過一個小丫頭。」夫子還在嗚咽，「這麼有才華卻只能在你家當個奴籍的丫頭……」

「說起來也是喔。」同樣是京畿老學究的紀侯爺嘆氣，「京城學風日漸敗壞，外地學子隨便就能拚過京畿秀才，說起來真是令人扼腕。」他愛惜的撫了撫策論，「不對，在我家當丫頭怎麼了？不愁吃不愁穿的。兄弟，別搶人哈……我那小侄兒只有這個伶俐人照顧了。再說，她也不算奴籍。」

夫子停聲，瞪著紀侯爺，「……你說清楚！」

「那個，你知道的嘛。侯府能用多少人是一定的，多的都得放奴。但是上有政策下有對策……」紀侯爺含糊了一下，「總之，她雖然有賣身契，但還沒有去官府登檔。」

「汝娘！」夫子非常沒有形象的爆粗口，「原來你家充滿黑戶啊!!」

紀侯爺乾笑了兩聲，「別大聲，別大聲。既然雛凰落於紀家，還是好徵兆嘛。瞧瞧，還跟凰王同姓，大大吉兆。拿來鞭策族學子弟也好嘛！只是點明了，那些富貴眼的學生未免輕慢，還是繼續當個神祕的傅小才子，我也讓我兒媳多關照些。我幫她出一份束脩，有空兄弟指點她一點。」

「不用！」夫子哼哼半天，「……其實她哪需要太多指點。」

第二天紀晏上學，卻發現所有同窗死氣沉沉，等看到夫子張貼出來的「傅小才子策論」，頓時了解何以全堂擊沉。

總算不是只有我一個人被宰。跟其他同窗比起來，他還算是船桅有露出水面，不是完全擊沉狀態。

說真話，心底還是稍微有點爽的。

但是，他那小小的優越感很快的煙消雲散。

紀晏很懊悔為什麼要好奇心過剩，聽夫子說事實上「傅小才子」寫了春闈三試題，就想看看另外兩道題是什麼。

童生是科舉第一關，但是距離秀才還有兩個真正的關卡，分別是鄉試和院試。童生試通過了，不過是跨入科舉的第一階，能著儒袍儒冠，當個最初階的讀書人，真正被承認是儒士的，起碼得鄉試院試通過，取得秀才功名才可以。

所以鄉試院試的難度和童生試不可同日而言，而三試皆取第一的，會被稱為小三元，因為真的非常不容易。

紀晏是聽說，春闈的鄉試院試刁難到極致，不分老少才子幾乎都落馬沉戟，非常陰溝翻船。

但看到題目，他立馬懊悔。佳嵐面有難色的千萬個不肯，直到他強言要做這兩篇策論才鬆口……感覺完全是掉入陷阱。

「公子不會也是該然的。」佳嵐很理解的寬大為懷，「婢子也花了兩個時辰才做完，自己也覺得不太滿意。」

……被羞辱了。看了題目根本不知道要怎麼破題的紀晏，感到被深深羞辱了。

搶過題目，整個休沐的假期，根本就是陷入和這兩題目奮鬥的窘境。從天明做到天黑，他才勉強交題，看著讀策論的佳嵐面容古怪，拚命忍笑的模樣，簡直像是在傷口上撒鹽。

「……妳寫的呢？」不服氣的紀晏問。明明年紀比他小幾個月，這丫頭還深居後宅呢。這種實事題能比他強就見鬼了。

「婢子沒辦法全記起來，」佳嵐遞出趁著工作空檔在茶水間回憶謄寫的策論，「或有疏失，請公子見諒。」

紀晏號，完全擊沉。

……惡魔。妥妥的這就是個裹著人皮的惡魔啊!!怎麼有可能？這種實事題寫得艱深容易，但是深入淺出，讓天真幼童也能懂，實在是本事……

連他這不問世事的公子哥都懂了，完全感覺到自己是個笨蛋！裡面的引經據典，一點都不乖僻，而是慣常讀的四書五經就有！他很悲傷，而且挫敗。回頭看自己的文章，只覺得跟爛泥一樣。

他想搶回來毀屍滅跡，佳嵐卻把他的策論搶著跑開，向來板著的臉難得笑顏如花，

「公子其實可以給夫子看看。」她點點頭，「公子從何想來？」

雖然寫得很幼稚紛亂，但還是有個脈絡，並非鬼扯。她已經覺悟過來，這兩道題其實很嚴苛，富貴人家的子弟，搞不好還沒看過穀子麥穗，何談穀賤傷農，更不要提平準。貧寒人家或許知道穀賤傷農，但是埋頭讀書很難了解商事，平準更是茫然不知。

這可不是二十一世紀能當電視兒童，亂七八糟的資訊可以填到想吐的時代。

紀晏只覺得佳嵐在消遣他，生悶氣半天，才吞吞吐吐的說，從侯府發放月錢和月例，還有奴僕抱怨碎言等等，勉強想出來的。

佳嵐慢慢的張大眼睛，用一個嶄新的角度打量紀三公子。

這孩子……比我想像的有潛力啊。能夠見微知著，甚至有良好的推理能力。是的，就算簡陋，但紀侯府的確是個微型社會。雖然不事耕作，但是其中運作的社會架構和經濟流向，是個小型村落的思路，大致上是正確的。

「以熟悉推未知，正解。」佳嵐驚嘆，「人是不可能全知全能的。」

「哈？」紀三公子聽得摸不著頭緒。

「公子把策論和想法告知夫子，」佳嵐鼓勵他，「別怕羞，夫子會好好講解，而且會覺得欣慰。」

怎麼可能啊？紀晏沒好氣的看著佳嵐。

「學堂會講邸報嗎？或者類似的……官方報紙？」佳嵐好奇的問。

紀晏驚恐了。根本沒跟她說過，他也發誓佳嵐絕對沒接觸過邸報。「官方報紙是啥我不知道……妳怎麼知道會有邸報，而且夫子也會讓我們讀邸報?!」

她絕對是妖怪無誤！

總不會憑空出這種實事題吧？大燕朝以策論取士，是個明顯比較理智的歷史歧途。一定不會胡亂坑考生，絕對是有什麼資訊管道才會出這種偏題。只是跟二十一世紀四肢不勤、不關心時事的考生一樣，遇到新聞題哀鴻遍野。

「命題。」佳嵐很懶得解釋，「應該是以邸報命題。」

紀晏頓悟了。但還是用看妖怪的眼光看著佳嵐。誰能轉彎想到這個啊？這丫頭未免也太妖!!

難道是狐仙？但是他從來沒聽說過狐仙會一頓吃十幾個饅頭或包子，包辦半鍋炒飯的。莫非是饕餮？但是據說饕餮是吃美食的，沒見過這種來者不拒的饕餮。到底會是什麼……

「……公子，公子！」佳嵐喊他，滿腔無奈的，「婢子說什麼有聽到嗎？」

「啥？」

「算了，您早些睡吧。」佳嵐無力的垂下肩。這小孩情緒都擺在臉上，看她的眼神驚恐無比，不用問也知道他在想啥。「子不語怪力亂神……婢子沒有尾巴。有尾巴也不會乖乖在這兒當丫頭好嗎？」

雖然某個角度來說，是有點靈異的時空錯亂借屍還魂。但除了一無是處的二十一世紀記憶，該死的什麼異能都沒有，只能伏低做小的求生存。

但紀晏明顯恐慌了兩三天，有天偷偷拿她完整無缺的裙子端詳半天，確定沒有尾巴伸出來的破洞，才慢慢寧定了。對此佳嵐除了無奈，還是無盡的無奈。

後來紀晏終於壯起膽子把那兩篇策論交給夫子看，夫子居然沒罵他，而是和顏悅色的跟他講解，還說「孺子可教」，讓他滿頭霧水兼誠惶誠恐。但從此，紀晏模模糊糊的感到他似乎突破了一個看不到的關卡，原本只會死背的書籍豁然開朗，再也沒有障礙，如魚得水起來。

奇怪自己怎麼會在迷霧中打轉那麼久……明明以前佳嵐演繹成故事過，現在他也可以了。

拿著邸報回去給佳嵐當「供品」的紀晏忍不住問，「是不是……妳用內丹為我開竅了？」

站在椅子上，掂著腳尖試圖貼清明符的佳嵐啞口無言，有氣無力的揚了揚手裡的符。

紀晏不滿，「那是避鬼的，妳明明是妖怪。」

「……公子，您神怪話本真的看太多了。」

與其擔心紀三公子看太多神怪話本疑神疑鬼，佳嵐更擔心孔夫人會不會又把矛頭指過來……紀晏最近太用功，她和四小水果會不會太安逸結果鬆弛了。

紀侯爺一房沒由來的迴護，說不定會激起孔夫人的警覺。這些夫人奶奶別的不會，對於後宅的風吹草動倒是鬥志昂揚，聞一知十……大燕朝沒讓這些後宅高手去管情搜和陰人真是至大損失。

結果紀二公子和呂表小姐吵了一大架，弄到紀二公子發痴病，呂表小姐發了哮喘，齊齊生了場大病。聽說孔夫人發脾氣摔了不少擺設和傢俬，突然熱切的關心起紀二公子，病癒後幾乎都帶在身邊，甚至跟容太君好像有摩擦。

若不是她預先讀熟了《紅樓夢》，還沒辦法從這麼稀少的資訊量領悟過來。過年紀晏都號稱十三了，何況比他大幾個月的紀昭。大燕朝世家的規矩特別嚴格，其實早該因禮防避嫌，容太君沒有把紀昭和表小姐呂惜晴湊成一對的打算，怎麼會將偽寶玉和偽黛玉養在一起，親暱得沒邊，甚至同榻午睡的程度。

但顯然的，孔夫人非常不願意。不願意到親自盯梢，不惜違抗一直諂媚有加的婆母容太君。平地一聲雷，孔夫人的孀居姊姊突然帶著漂亮的獨生女曾雪丹，從江南來作客了。

一整個三國演義，二公子紀昭夾在漂亮表姊曾雪丹和清豔表妹呂惜晴之間，有了非常幸福的煩惱。整個二房拉幫結派，暗地黨爭，鉤心鬥角得硝煙滾滾，又驚雷處無聲響更形慘烈。

偽寶玉偽黛玉偽寶釵湊齊，粉黛登場，應該是愛情文戲，卻讓兩個各有主張的容太君和孔夫人搞得跟武戲一樣，連丫頭婆子都跟下去摻和，熱鬧得不堪聞問。

結果呢，三公子被徹底遺忘……搞不好這些大人根本忘了還有個三公子。連生母劉姨娘都興奮異常的趁機造謠使絆子，不知道在裡頭攪和個什麼勁兒。

「佳嵐姐姐，我乾娘和廚房的汪娘子打架。」橘兒滿臉困惑的提著食盒進門，「就為了呂表小姐和曾表小姐誰該當二少夫人。這個……關她們什麼事呀？」

這解釋起來很複雜。無非就是想搶占先機獻慇懃……也太早。她只好含糊其詞，「知道不干咱們的事就好。」

「可是乾娘要我站她那邊。」橘兒可愛的圓臉皺得跟包子一樣。

「對啊，討厭，我乾娘也這麼說。」李兒跟著苦惱。

「就說妳們連靈魂都歸我管，這種事情得先問過我。」佳嵐斬釘截鐵的回答。

杏兒擊掌大喜，「就是！我就這麼回答針線房的姐姐們就好了嘛，不用煩惱了！」

桃兒打了個呵欠，「誰當二少夫人，都不會幫我們加一文錢的月銀，有什麼好站邊的。」

能夠這麼務實，可見她的調教不是白費的。佳嵐默默的想。

這場有點複雜的明爭暗鬥可謂來得是時候。她祈禱那些無事生非的大人們把三公子遺忘得越徹底越好。穿越這麼些年，她的內宅厚黑學依舊面臨必須重修的窘境，根本無力跟那些成精的太君夫人對抗。

只能消極的裝裝裝和忍忍忍。

於是三公子的人很一致的裝聾作啞，在雞飛狗跳的紀侯府裡，當個避秦的桃花源人。

至於很忙碌的三公子，表現得更冷淡，好像沒這回事。

其實吧，美麗的表姊表妹誰不喜歡？他也到了懵懵懂懂、情竇初開的時候。但是呂表妹正眼看過他嗎？沒有。曾表姊搞不好還不知道他是誰呢，撞見過一次，結果曾表姊尖叫了。他連解釋都懶，只是提起書包走人。

這就是現實。

他知道他想的是可怕的、不能說出口的事情。居然會去想祖母容太君會死……大不孝。但是他總是不由得會去想，若是那一天來臨，必然的分家後，父親有沒有本事撐起一個家。

不過嫡母嫁妝夠多，昭哥兒總是能溫飽……但絕對跟紀晏沒關係。昭哥兒可以煩惱表妹多情，表姊可意，誰都放不下，該選誰才好……因為他不用擔心未來，父母會幫著撐起一片天。

那絕對不是我啊拜託。紀晏有些嘲諷的想。他還得替佳嵐撐起一片天呢。喔，還有小水果們和阿福。

當公子就得扛起責任來，他早就發過誓了。

整個紀府到了五月五終於比較平靜了，事實上是轉到檯面下準備長期抗爭，暗潮越發洶湧。

樂得被人遺忘的三公子，提了一壺雄黃酒回來，逼佳嵐在他面前乾杯。

……好極了，沒想到會在大燕朝榮獲白娘娘的待遇。佳嵐沒好氣的喝了一杯，紀晏的表情先是如釋重負，之後卻有點失望。

大燕朝幹嘛禁了凰王傳氏的傳記？最該禁的是神怪話本吧？

「妳一定是道行比較深。」

「…………」好想打他。

掙扎了一會兒，佳嵐考慮了自己豆芽菜似的身板，和身分上的不對等，終於忍住暴力的衝動，決定轉移話題。

「這個月起，公子的月例提為二十兩。」她淡淡的說。

紀晏很迷惑，「應該是二兩吧。」

「我也不懂。」佳嵐嘆氣，「王少夫人（世子夫人）說是紀侯爺給您添了十八兩的筆墨費，走侯爺的私帳，不走公中。」

公子和丫頭一起抱著胳臂深思，想破腦袋也雙雙沒有結論。在龍潭虎穴生活久了，對任何不尋常的善心都會心驚肉跳。

「我避著人去跟伯父道謝，然後還給他吧。」紀晏詢問似的看著佳嵐。

雖然有點捨不得這些銀子，但是在紀府生活還是步步為營的好。佳嵐點了點頭，

「公子記得避著人。」

「我省得。」紀晏有些幸災樂禍的笑，「反正現在沒人想盯著我……都去盯別人

了。」

議定是議定了，端午那天，紀晏還是跟在佳嵐後面轉了一天，想著雄黃酒的發作可能比較慢……他不想錯過佳嵐變身的那一刻。

端午過後，紀晏藉口請安，悄悄的見了侯爺伯父，但是紀侯爺不肯收，很和藹的說，紀晏在外上學，年紀一天天的大了，和同窗往來，總不能身上空空。二十兩對大人來說，不算什麼，要他安心收下。

只有囑咐他別傳出去，省得其他大人多心。

紀晏回來跟佳嵐說了，然後一整天沉默。他覺得腦子裡亂糟糟，似乎很難過，又覺得很惶恐……好吧，還有一絲絲的開心，但又覺得不應該。

一直渴求大人的關愛，一直到心如死灰，面對現實，強迫自己熄滅這種希望。結果隔房的伯父，突然給予了，他一時不知所措。

其實想起來，真的伯父給昭哥兒什麼，他就有什麼。雖然次數很少，伯父是個活在書裡面的人，總是有點迷迷糊糊。

怎麼辦？該怎麼辦？不知道。他甚至功課不太好，有點對不起伯父……為他設想那麼多。

好想哭。但是他已經發誓絕對不要哭了。

每次覺得疲倦，想偷懶的時候，又會想到伯父的關心……覺得自己不應該，好像對不起誰似的。

因為……伯父會關心他在族學的事情。就算不能添光，也不希望伯父失望。

雖然覺得紀晏用功得有點走火入魔，佳嵐還是保持緘默。小孩子有動力的時候，還是讓他去吧，大人這時候強迫他休息什麼的，往往會阻斷這種能量。

所以她除了糾正他坐姿和拿書的距離，真覺得他坐太久，只會跟他講，「阿福被鍊在外院一天了。」這個很好唬弄的孩子就會生氣，「誰又把牠綁起來了？不是說不要綁嗎？妳們也真懶，怎麼不帶牠散個步？」

然後就會一面碎碎念一面去找阿福，忍不住就帶著牠逛園子，又跑又叫又笑的，完全忘記當公子的矜持。

佳嵐覺得，自己沒去當幼兒園老師，真是二十一世紀幼教界的損失。三公子和四小水果外帶一條狗，在她懷柔統治下個個服服貼貼。

想想也很感慨，當初從大逆風想投降帶著團隊打到現在，終於順風些了。她和四小水果的奴役童工狀態終於緩解，庭院已經交到專業手上，最棒的就是並不阻止她們拿果子換果乾蜜餞，人情往來還可以維持一個非常節省的程度。

送來的月例，也不再是令人無言的殘次品，布料針線都是結實堪用的，不用去針線房打秋風，拿些零頭碎布還得賠笑臉求爺爺告奶奶。該有什麼就有什麼，不用痛苦的存錢往外採買。

她們也不用在忙碌中擠空閒給公子補鞋襪，可以更大氣的坐下來做新鞋新襪，裁剪衣服——畢竟男孩子成長期間，衣服鞋襪總是很快就不堪穿了。

佳嵐甚至有閒心教四小水果寫字算術，桃兒的學習情緒最高昂——她還沒有放棄佳嵐姐姐嫁人後成為老大的雄心壯志。

她隱約明白為什麼有這樣的改變……夫子和紀侯爺一定佔重要因素。之所以會如此，很可能是愛才，或許是因為紀晏，或者是自己。

不管如何，她都心存感激。所以她很謹慎的幫三公子存錢記帳外，對於夫子的教導，更為認真。

雖然她覺得大燕朝就有「函授」這回事，實在太先進。是的。夫子現在隔三差五就會寫信來，指點她的策論和引典上的疏失。雖然有時是時代的歧異所致，但往往卻能激發出更多思考空間。漸漸的，她也會寫信託三公子給夫子，虛心的請教……這樣博學睿智的國學老師，在二十一世紀根本是種夢想。

她不知道的是，夫子收到她的信，總是要長吁短嘆很久，還被紀侯爺搶去看。

「我遠遠的看過她兩回。」紀侯爺百思不解，「就是個個兒不高的小丫頭。真有天生宿慧這種事？」若不知道她的身分，真會以為是個成年才子，風度翩翩玉樹臨風，而且出自累代書香門第薰陶出來的。

夫子難過的拭拭眼角，「聽你侄兒說，她父親原是鴻儒，只是背運，後來染上惡習，最後賣妻賣女……斯文敗類！枉費一肚子好才學！真不知道該恨他還是感激他，教出這樣聰慧的女兒，卻讓她淪落悲慘……」

「我家並沒有很悲慘好嗎?!」紀侯爺不高興了，「被你說得好像煙花柳巷似的……」

「少來。」夫子鄙夷，「不是你家夫人太厲害，你少年時也風流的趨近下流。你弟、你大侄兒……算了，我不跟你多說。」

「喂，」紀侯爺變色，「打人不打臉啊！那都是年少輕狂的事兒了……等等，難道有什麼風流流言？」

夫子不答，「有空你還是注意一下家事吧。你兒子兒媳輩分小，別真捅破天了。讓人說紀侯府只有兩只石獅子乾淨，同樣姓紀的會蒙羞。罷了，跟你說這做啥？總之不要帶累到我的兩個學生，幾十年就出這麼兩個苗子，我容易嗎我？」

原本有點凝重的侯爺立刻眉開眼笑，「怎麼？我家晏哥兒也出息了？」

夫子嘆息，「要說現在能及得上傅佳嵐，那是不可能。但是日日勤學，頑石開竅，這是鐵鐵的。所謂不鳴則已，這孩子很可能一鳴驚人。說來慚愧，晏哥兒沒在我手上成材，卻是讓傅佳嵐刺激出潛能。」

靜默了一會兒，夫子掩面，「為啥是個女孩兒啊？不走科舉也是個良師啊！蒼天啊～后土啊～」

又來了。侯爺端起茶碗。他這同窗是個驚世絕豔的料，完全良師益友型。唯一的缺點就是……在親朋好友面前忒愛感時花濺淚。

幸好他的學生都不知道實情。不然為師的尊嚴一定會喪失殆盡。

被蒙在鼓裡的佳嵐和紀晏，對備受關愛的理由毫不知情。只覺得在壓力沉重如馬里亞納海溝底的內宅，夫子和紀侯爺給他們宛如冬陽般的溫暖。

兩個大人的期待不過是他們用功讀書而已。

這對佳嵐來說比吃飯還容易，而紀晏也漸漸覺得不困難。只是三公子常常被小婢子擊沉。

等紀晏發現和同窗辯證詩書時，能輕易擊敗最有才學的學長，已經是冬天的事情了。但他依舊謙虛，而且溫和。曾經因為他身為庶子而不願為伍的同窗，紛紛刮目相看，稱讚他是謙謙公子。

不是那回事。紀晏有些悶悶的想。這沒什麼了不起……只是佳嵐不能來學堂而已。如果她在這兒……

他不敢想下去，太殘忍了。

雖然是隆冬豐雪，但是紀侯府園子還是非常熱鬧。愛好風雅的公子小姐們呼朋引伴，擁爐賞梅，吟詩作對，像是一角春景。連老祖宗容太君都會共襄盛舉，還幫著發帖給親朋間的公子小姐，熱鬧繁華極了。

但是呢，這些詩宴賞梅會，都跟嘉風樓主僕沒有關係。只有佳嵐抱著腦袋燒，因為這些亂七八糟會，不管參不參與都得送點人情往來的心意……捨不得花錢就得燒創意。

在幾次失敗後，佳嵐終於成功做出雞蛋餅乾當點心，最少看起來金黃香脆，用竹編小箱裝起來，覆以深青包袱，打上端莊嫻雅的絡子，新奇好看，吃倒是很其次的事情了。

當然新奇。佳嵐默默的想。這可是日式包袱結法，連中國結都偏日式，大燕朝見得到一定有鬼。重要的是，這些成本都很低，只是手工很煩而已。

但是這麼費工的製作包裝，她會做兩份，一份送出去略表心意，另一份是留著給三公子吃的。

因為……這種遊樂跟他無關。就算請故舊的庶女，也不會記得問他一聲。

原本以為他不在意，結果有回三公子忘了圍脖，佳嵐追去給他，發現他望著正在佈置的賞雪暖閣發呆，那眼神永遠都忘不了。

一種深刻的無能為力湧上來。面對一個少年被排擠得如此徹底，感到自己的無力，和漸漸冷上來的悲傷。

無法為他做任何事，沒辦法讓他加入那歡樂的氛圍。唯一能做的，就是照樣作一份，等他放學回來能夠親手打開，端上一杯熱熱的奶酪。

只是這樣，他就吃得一臉幸福，讓佳嵐非常難受。

笨丫頭，不要那種表情。紀晏默默的想。我知道我的位置在哪裡……絕對不在那些詩宴暖爐會。那裡沒有我的位置，我知道，沒有關係。

妳們會留最好吃的餅乾，和暖洋洋的奶酪給我，這樣就好了。

但在近臘月的時候，夫子不到午時就放學了，因為雪漸漸大了。騎馬回來，發現通往嘉風樓的路已經被雪埋了，還沒有人去掃。他不得不從園子走，繞過祥熹堂，在風雪中背著書包前進，靠近喧囂的賞雪暖閣，低頭快步走過。

有個臉生的丫頭蒙頭往前跑，沒將他撞翻，自己跌倒了，尖叫得很自然。

「你是誰？好生無禮，怎麼胡亂撞到這兒！」一個頤指氣使的小姐指責他。

紀晏拍著身上的雪不想回答，想離開，卻被紀昭看到了。

「那是我小弟，晏哥兒。」他向周遭的小姐們解釋，笑著招手，「晏哥兒，過來這邊坐，我們正作詩呢。」

「二哥。」紀晏恭謹行禮，「雪大了，我還是回房吧。」

明顯有些醉意的紀昭笑嚷，「可不能讓他走了，次次逃席，這回非讓他喝上幾盅，把壓箱底的好詩都做出來！」

推推搡搡的，紀昭的四大丫頭起鬨似的將紀晏推到暖閣，一杯酒就湊到他唇邊。

脂粉味真嗆。他這些日子讓夫子薰陶得知書達禮，已經知道男女授受不親，開始不喜歡和女人太接近。這暖閣裡，他和紀昭外，全是小姐。除了呂表妹和曾表姊，其他都不太認得，隱隱約約覺得男女雜坐得這樣親近，連大衣服都寬去，其實不太妥。

但是他的掙扎和抗拒，卻被這些小姐們戲弄，大膽得可以。

果然還是遠遠看比較美好。身在其間真是如坐針氈，大失所望。

到最後被鬧到怒了，「我有賞雪詩一首，恰若此景。」

這些自負風流才子、美麗才女的公子小姐，看耍猴似的冷眼旁觀。他們方才幾乎將有關雪梅的詩都做完了，就看看紀昭的庶弟還能嚼出什麼蛆。

紀晏飽蘸濃墨，雖然已經練得嚴謹，字骨間還是有著少年的張揚。

「日暮蒼山遠，天寒白屋貧。

柴屋聞犬吠，風雪夜歸人。」＊

方才收筆，原本鬧哄哄的暖閣安靜了下來，最有文采的呂表妹已經氣得泫然欲泣。

這首詩表面上看起來沒什麼問題，就是一副寒山夜宿圖，恰如牆上所懸的畫。可說是意境優美深遠。

但是這個暖閣的匾額就是「寒白居」，為了標榜嚮往山林，所以刻意蓋成茅頂柴屋（起碼外表是）。

這不是在暗諷他們「貧」（文才欠缺），效山犬吠嗎？

更可惡的是，寫完這首詩，紀晏就擲筆提起書包走入風雪中，把這首詩點題得再明白也沒有。

這是他唯一一次參與詩宴，也是最後一次。

得到的收穫就是，被紀員外郎他老爹叫去書房痛斥一頓，說他，「儘會點歪詩，就知道拿來辱人。」沒有拉倒打板子，而是隨手拿了不知道什麼東西，給他狠打了幾下，差點破相了。

佳嵐接到的三公子就是頭破血流狀態，神情卻很漠然、無所謂。

「嘖，哭什麼。天冷，當心凍掉臉皮。」紀晏語調也很冷淡，「沒事兒，破皮而已，明天還能上學。」

佳嵐拭去了淚珠，提著燈籠當心的照路。

「公子的詩，寫得很好。」靠近了嘉風樓，佳嵐只說了這句，「比我好得多。」

真是了不起。一個才十三歲的少年公子，寫出唐朝詩人的作品。

紀晏沉默，再開口時，語氣回溫許多，「總算贏妳一樣啦。夫子也說我寫得好。可惜，科考又不考詩。」

佳嵐再也說不出話來。幫他擦拭血漬，塗上藥粉時，紀晏微微顫抖，但是咬牙死

＊此詩為唐朝劉長卿的《逢雪宿芙蓉山》，在此假借為紀晏所作，特此說明。

忍，一滴淚也沒有掉。

不要緊的，真的，已經不要緊。紀晏很想跟佳嵐說。但他還是沉默，不想開口就哭出來，失去身為公子的尊嚴。

這頓打可說毫無徵兆，應該是紀員外郎二老爺半酒醉半遷怒下的結果，後來也是人盡皆知。

他帶傷上學堂，以為會被譏笑，結果同窗不約而同的送藥，收到好幾罐。夫子私下告誡他衝動沒好下場，卻在課堂上讚揚他的詩。

甚至侯爺伯父去學堂探望他，有些不知道要說什麼，不大自然的問了問他功課，回答很簡單的問題，卻送給他一塊透翠的松柏玉佩獎賞他。

明明我有父母兄弟。他獨處時凝視這塊玉佩。待我最親情的卻是隔房的伯父。

雖然知道毫無用處，他還是忍不住問自己，「為什麼？」明明知道答案，卻不敢去想。光光是想就痛苦莫名，滿心傷痕。

這個冬天，因此很陰鬱。即使放晴，也沒辦法照暖他心裡的角落。

他的確學會了在學堂克制情緒，也在家裡收斂得很好，甚至不對四小水果隨便發脾氣……但這已經是極限了。

跟佳嵐在書房獨處的時候，他變得很易怒，往往對著佳嵐就暴躁起來，動不動就和她頂嘴。吵完以後又非常後悔，覺得自制力非常低，心情更糟糕，幾次循環後他又忍不住遷怒，不知道為什麼就鬧得很僵。

佳嵐不怎麼放在心裡，這孩子也快忍出毛病來了。紀侯府小道消息傳得很快，人人都是八卦高手。她不用打聽就知道得太核心了。

紀員外郎二老爺會大發雷霆之怒，當然不是表面那麼單純。一來是呂表小姐氣哭發病了，讓容太君很心疼，叫二老爺管管他兒子。二來，那天來的某位小姐的父親是他巴結很久還巴不上的上司，雖然上司老爺沒說什麼，他心裡卻認定這逆子壞了他的前途。加上酒精的加持，就一發不可收拾了。

函授時，夫子感慨「父不父，子何子？」，在信裡很欣慰即使遭受錯待，「晏勤學如故，愈發穩重。」就知道他在學堂按捺得很好，難得他在紀府也若無其事……除了對她會魯小。

照顧他也快兩年，知道他已經盡力了，哪有可能這麼短的時間內就改掉多年累積的暴躁。他很努力了，簡直是逆境求生……能控制到這地步，已經是很大的進步了。

雖然有時會生氣，但只要看到倔強的小公子發完脾氣都會露出微微恐慌的神情，就會忍不住原諒他。一個滿十三歲、正要開始青春期的孩子……長期處在極度精神虐待的家暴。身為內在年齡累加快三十的成年人，難道不能原諒他嗎？

她頂多露出一種看傻瓜的眼神，帶點寵溺的刺激他，讓他一次暴跳如雷，省得瑣瑣碎碎的發作。

佳嵐發誓並沒有耍著他玩……呃，可能稍微有一點點……但絕大部分的確是為他著想的。

這個讓紀晏非常陰鬱的冬天，夫子的心情也不太晴朗。

應該說，和夫子交好的一票京城老學究，心情都很陰霾。大燕首善之地的京城，曾經人文薈萃，才俊輩出，殺出的秀才、舉子、進士，可以非常驕傲的掛上「京畿」這個名號，而且名符其實的被天下儒生羨慕崇拜。

但是近五年來，出現強烈的青黃不接，京畿學子資質普遍平庸、漸趨安逸懶於思考，早被南方靈氣逼人的學子給壓落底，這個金字招牌正在危險的掉漆中。

這就是為什麼夫子初知「傅佳嵐」會那麼欣喜若狂，知曉她是個女孩會那麼悲痛的緣故。終於出現一個才氣縱橫敏於思的京城好苗子，結果只是老天爺在玩他。

幾個同樣獻身百年樹人的山長夫子相聚，總是相當憂心這種嚴重掉漆的現象。

在年前的一個暖爐會，越想越不甘心的紀夫子，終於將「傅佳嵐」的一疊策論帶去，結果在學究間颳起一陣騷動的旋風。

被激動的學究們搖晃得快斷氣的夫子心如死灰，「誰也別想收她……收也沒用。她……是個姑娘。」

全場安靜了好一會兒，針落可聞。接著學究們鼓譟起來，紛紛指責他藏私，京城難得出了個好苗子，多給人指點會怎樣？又不是真的要動手搶……刺激一下京畿學子也好啊！都丟臉多少年了！

喝得微醺的夫子也沒多想，「不信也罷。能夠讓她入春闈……小三元如桌上拈柑！可女子能進春闈嗎?!」

夫子其實只是發牢騷，結果幾份策論輾轉傳抄的時候，不小心讓禮部尚書郎瞧見了，又當椿趣聞告訴了馮宰相。

結果元宵剛過，一個皇帝手諭悄悄的送到禮部尚書大人那兒，讓他傻眼非常久，然後換主持春闈的考官大人們傻眼。

等夫子接到十萬火急的通知，特令「傅佳嵐姑娘」入闈同試……一個踉蹌，夫子差點把桌子給翻倒了，小腿還撞青了一大塊。

這個晴天霹靂一砲多響，連紀侯爺都慌張了一下。很快的，紀侯爺又感慨萬千，感動得快哭出來。紀侯府出個小三元……簡直榮耀到能夠上告列祖列宗，他非請上一個月的流水席不可。

「……她又不是你女兒孫女。更直白一點……她姓傅不姓紀！」夫子啞口半天，只噴得出這兩句。

「是我紀府中人！」紀侯爺越想越樂。

「只是試考。」夫子沒好氣，「我已經將她身分上告禮部了。」

「你那麼多嘴幹嘛?!」紀侯爺震驚，「這樣都來不及偽造她是我家親戚的身分了！」

「你也知道是偽造啊?!」夫子將鎮紙扔過去，傷心欲絕的侯爺身手矯健的閃掉了，「你家那種龍潭虎穴……我的弟子在裡頭泡著就很心疼了，別拖我另一個出息的弟子下水！」

「我家沒有很龍潭虎穴好不好？」紀侯爺拒絕承認，「……只是他爹娘兄弟比較極品。」

但是侯爺也因此清醒了一點兒。雖說賣身契都收在兒媳手上，但二房的事情他插不了手……他敢抬舉這丫頭，他娘容太君就能活吃了他。就算透露一點風聲，這個才氣洋溢的「傅小才子」，恐怕會被他極品弟媳拿來送人情或者……任何無法預測的倒楣下場。

他可憐的小姪兒，身邊只有這個千伶百俐的丫頭可依靠，其他老得老，小得小，全不頂事。他才略微透露過要派個管事娘子過去，弟媳只鬧著大房的手太長，要到二房攪和，他不得不偃旗息鼓。

真怕了二弟這房，偏偏有老娘撐腰，只能忍氣吞聲。

他不得不承認，紀老弟是對的。真的得悄悄的、遮掩的，讓傅小才子去春闈發光發熱，不可炫耀，甚至不能曝露。

這樁有點荒唐的「傳小才子春闈試考」，最後只有夫子、紀侯爺、紀晏和打掩護的世子夫妻知道。

於是，二月初，紀侯爺允世子夫人攜婿回家省親，二月底才回來。剛好世子夫人的一個大丫頭「生病」，借了紀三公子的丫頭同往。

孔夫人正在為了兒媳人選奮鬥，這種相當小的小事只嘀咕了兩句「難道我們二房什麼都是好的？連個人都要來借？」，不以為意的放過了。

佳嵐就這樣光明正大的隨著世子夫人的車駕出了紀府大門，然後拐了幾個彎以後，將佳嵐放在夫子家，由夫子全程監督她三入春闈的行程。

整件事情都沒有她參與意見的部分。只是禮部特發函過來，不管會不會砍頭……？她還是乖乖來考了。

比起什麼頭鍘，她還是比較願意考試。畢竟國學考試不會死，但是鍘刀會死人的。

進入闈場，佳嵐驚異的東張西望，一整個觀光客。

考官大人們可是分外緊張，將她的號房安排在離主考官住處最近的地方，重兵駐紮，這畢竟是頂頭上司禮部尚書直接命令的，出點差錯真要提頭去見了。

當然，大部分的考官還是抱持著懷疑甚至嘲笑的態度。大部分的人承認「傅佳嵐」的實力，但是絕對不相信眼前這個身量不足，瘦肩堪憐的豆蔻少女會是「傅佳嵐」。

可以說，她受到最嚴密的監考和關心。

雖然偶爾會被探頭探腦的老考官嚇到，但是佳嵐表示，毫無壓力。師母做的乾糧大概是全大燕包括二十一世紀最好吃的。闈場也供應茶水，意外的是南茶，大茶壺沖泡卻意外好喝，有點紅茶香氣。

至於被人詬病在闈場過夜躺下來腿伸不直的的窘境……就她的身高而言，完全沒有這個問題。

她聽三公子說過，當朝的政德帝寵愛馮宰相數十年如一日，愛屋及烏，優待讀書人，科舉制度改革得輕鬆許多，或許不再可怕的號房也是德政之一。

……政德帝。那就是流氓皇帝吧。馮宰相應該是肌雪顏花的馮三郎。雖然那個她想暗殺的作家寫過這一部，無奈年號風俗一概模糊處理，完全沒有參考價值。

世界上最悲傷的事情，就是妳知道前情提要，卻毫無用處。

就算進了春闈，她這個小丫頭也只是「試考」。夫子解釋給她聽是說，僅供參考，寫出來的文章只是拿來刺激京畿學子進步的動力。

她捲起袖子，拿出大燕朝首度百分之百的認真。

了解了，全體擊沉是吧？沒問題！交給專業的就對了！

認真到一個境界就會渾然忘我，腦力使用過度就會筋疲力盡的睡熟，她三入闈場，都吃得下睡得香甜。反而是在夫子家待考的時候，有時會睡不著。

有點擔心小公子。那個快憋出憂鬱症的小公子，不知道過得怎麼樣？

這兩年一直照顧著他，幾乎沒有一天離開過。

以為離開他會很輕鬆，夫子待她很好，把握每時每刻能教導的機會，坦白說，跟夫子從學真是她來大燕朝最美好的事情，做夢都不敢想的超級良師。師母待她很慈愛，常常罵夫子把她逼太緊。

但是她還是想回家……原來已經將嘉風樓當家了。

以為會比較想小水果們，但是最常想起的，是小公子有時暴怒、有時幼稚，有時認真，甚至堅毅的臉孔。

好大。書房原來是……這麼空曠。

佳嵐被接走那一天，紀晏數不清第幾次轉頭，心裡只冒出這麼一個念頭，呆呆的看著下手的位置，佳嵐總是坐在那兒。

為什麼她不在那兒？

隨即紀晏覺得自己超蠢的，老是問些早就知道答案的傻問題。夫子和伯父明明跟他仔細說過了。

其實，她不在才好，對吧？看，現在他高興怎麼拿筷子，就算拿成非常難看的交叉，也不會有人念了。愛彎腰駝背就彎腰駝背，沒人在旁邊無奈的提醒他該坐如松。想像個流氓似的把腳縮在椅子上也可以，愛怎麼抖腿就怎麼抖腿，不會有人追在後面碎碎念了。

囉唆的人不在了。

但是這樣的安靜好可怕。只剩下他，只有他。

才不是。他跟自己爭辯，桃李杏橘四個小水果不是還在嗎？她們也把他的生活安排得很好，盡心又乖巧。像是聰明伶俐的……妹妹們。

必須要保護的妹妹，他是她們的公子，要堅強。

可每次喊「佳嵐」，回頭卻看不到人的時候，一種莫名的委屈和恐慌就像是冰塊般灌進心裡，流到胃中，冰冷的滲入體內深處，幾乎要蜷縮起來抵抗這種深沉類似飢餓的強烈痛苦。

她怎麼可以不在。

但是他不能蜷縮，甚至得抬頭挺胸。因為小水果們雖然勉強壓抑，事實上很不安。橘兒她們說，佳嵐姐姐囑咐要照顧好他，所以凡事都非常謹慎認真……卻還是常被欺負罵哭，躲著不敢給他知道。

妳為何不在。

不，他其實可以處理，也學會怎麼官腔官調的斥責那些欺負小水果的下人。他一直表現得很冷靜，甚至被妙雙那群大丫頭諷刺沒肝沒肺……他其實辦得到。

可是，妳不能不在。

二月是好日子，很多丫頭和小廝成親。父親紀員外郎又收了一個通房。可怕的事實逼到他眼前，他恐懼得無以復加，甚至胃有些抽筋。

因為他從來沒有細想過，佳嵐沒辦法永遠在他身邊。她一年年的精緻美麗，昭哥兒曾經看她看呆了。其實紀晏希望她平凡一點，像小水果們清秀就好了。長得太美在後宅從來都是災難。

他沒辦法想像有個男人會把佳嵐搶去當妻子，更害怕被父兄搶去當玩物。可是，有一天，他也會成親……他未來的妻子可能會善待清秀的小水果們，卻不會善待太美麗的佳嵐。

被強迫催熟的少年紀晏，面對殘酷冰冷的事實。

妳不可以不在。我一個人怎麼辦？

他越發沉默寡言，夜不成寐，一日日的憔悴，衣帶漸寬。

小水果們擔心極了，他卻只是露出憂鬱的笑，說他沒事，然後牽著阿福去散步。

「……我可能有一點想她。」在無人處，他對阿福喃喃，「只有一點點。」

阿福發出可憐的聲音，蹭著紀晏，安慰似的舔他的手。

夫子說佳嵐已經返家時，紀晏第一回明白「心花怒放」的感覺，但他還是壓抑得很好，別人應該看不出來。

但是夫子不是別人。他很想勸紀晏不該將個丫頭看得如此之重……自己卻噎住了。他和夫人都將傅佳嵐看得太重，夫人還吞吞吐吐的提過，這麼有才華的姑娘，當以閨秀養，家裡也不是出不起一副嫁妝。

夫子真的認真考慮過，但是佳嵐謝絕了。現在看到他可憐的、瘦骨伶仃的學生，怎麼也說不出口了。

似乎搶去他相依為命的姊妹似的。

「這是春闈三試的題目。」夫子嘆氣，「你試做看看。做人公子得有公子的樣子。」

佳嵐做過的題目。他唇間漾出一絲莞爾的笑。一定充滿她詼諧諷刺、嘻笑怒罵，真才實學，讓人不得不折服的文風吧。

她就是這樣。

這他就學不來了。他總是太嚴肅，謹慎的發聲，得非常壓抑才能克制如岩漿般的爆發，所以文風總是顯得意外冷淡清淒。

但這就是我，我的理解。我的，文風。

他用一整天寫了三篇策論，最後腦袋都有點模糊，夫子再三告訴他明日再做就可以，但他堅持做完了。

夫子仔細看完三篇策論，點點頭，催他回家了。

比往常的日子回家晚……彩霞滿天。夕陽無限好，只是近黃昏。

他特別騎馬繞去晚市，買了一大包很有名的蛋黃包子。一個月都吃三分飽，那怎麼行。

身體很疲憊，思考過度甚至有些頭痛。但是精神很亢奮、愉悅。

一開始，還能穩步而行，過了二門漸漸加快，最後拋棄所有矜持跑進嘉風樓，看到被小水果們圍著說笑，阿福繞著汪汪叫的佳嵐。

小小的臉孔乍然點亮的佳嵐。

將近一個月的痛苦恐懼，那種冰冷霜寒的胃痛，煙消雲散了。相對傻笑了好一會兒，他想不出該說什麼。

「……我回來了。」最後紀晏說，遞出那包蛋黃包子。

佳嵐老是板著的臉孔放鬆，燦出光亮無比的笑容，「公子，婢子也回來了。」

他有一點想哭，但是強忍住了。

那一年春闈，開榜後引起極大的譁然。

從童生榜開始，一直到秀才榜，三榜榜首皆是「從缺」。原本群生抗議到差點鬧孔廟，直到「不符資格特例試考」的「傅佳嵐」三榜策論貼出來，立刻平息了所有的暴動。

結果哭孔廟沒成，變成哭榜。（傅小才子文章張貼於榜單之首）

二十一世紀的傅佳嵐光宗耀祖了一回，可惜鄉親毫不知情。

佳嵐原意只是擊沉，卻沒想到成了一場殲滅戰。京城儒生行屍走肉般好些天，談到傅小才子，無不痛哭失聲，在心靈上完全被殲滅了。

傅小才子一時之間，頓成京城文人圈熱烈討論的對象。

但是他的神祕，在官方刻意保密之下，顯得更為神祕。許多流言喧囂甚上，猜測五花八門。有人說，是某個無法科舉的勳貴特受皇恩，紀侯爺赫然在猜測人選內（害他爽得好幾天睡不著）。也有人說，是年紀不到的小神童，但很早就被駁斥，因為這種老道刁鑽的思考，沒有點人生歷練難以達成。

幾乎京城略有才華的「不符資格者」都被猜了一輪，甚至還有個碰巧生病的花魁也被點了名。

但是紀侯府除了侯爺外，冷靜得近乎冷漠。

畢竟後宅婦人的生活圈非常小，「京畿秀才」這塊金字招牌，在勳貴出身的貴婦人眼中，非常卑微……起碼五品官以上才會進入她們的視線，三品官以上的夫人，才勉強值得來往。

秀才？哈！可笑可笑。小三元？那是什麼東西？能吃嗎？寒酸人家才會重視這種微薄名聲。

這就是勳貴世家的態度。因為他們在世家譜有個位置，科考就佔極大便宜。雖然政德帝已經調整為文才佔六，家世佔四，但是勳貴世家的高傲態度還是遲鈍得轉變不過來。

應該說，容太君和孔夫人還堅信，貪玩的紀昭只要略微收收心，秀才、舉子、進士在身世的強大加成下，一定可以一路暢通，封官拜相不在話下。必要的時候，塞銀子就是了，完全不知道在流氓皇帝的強大壓迫下，塞銀子只會得到沒收國庫和禁考三年的回報。

或者知道，但還是堅定的認為只是政治的表面工夫而已。

（流氓皇帝其實從來不玩假的）

所以紀侯府內宅，保持一種波瀾不驚的狀態，下人的議論也不多。傳小才子的大名傳遍京城，卻沒人跟三公子屋裡的「佳嵐」想在一起。

畢竟，識字率普遍低落的奴僕間，一直以為「佳嵐」是「嘉蘭」，甚至連管家都常常寫錯，常常是「嘉蘭」、「佳蘭」、「嘉藍」……等等。對於丫頭小廝，誰會記得他們姓啥，又還沒嫁娶。

再說，這個個子嬌小，單薄若秋日之蝶，有幾分神似呂表小姐的柔美小丫頭，會是滿京轟傳的傅小才子……你一定是昨夜睡太好，現在還在做夢。

能夠細膩敏感的了解紀侯府無風無雨、事不關己冷漠態度的紀晏，卻不能了解佳嵐完全不當回事的尋常。

雖然榜上是「從缺」，事實上誰都知道，是「傅小才子」奪了小三元。這是何等榮耀！很能夠自豪……就算是大吹大擂他都認為應該，能原諒她了。

忍不住問她，佳嵐抓著抹布，神情卻很奇怪，好半天才回答。

「這沒什麼……坐在進擊的巨人肩膀上，理所當然。」

……聽不懂。

最後佳嵐勉強解釋，她出身積年書香世家，飽受薰陶。父親雖不爭氣，也曾是才子，所以沒什麼好奇怪的。

但是解釋完她就逃了，居然沒忘了抹布。

逃走的佳嵐差點用抹布擦汗。

雖然來了好些年，其實她有些角度還是有點遲鈍，不太融入大燕朝。像是春闈三試，對她來說，好比普考超級簡易版——只考作文。

人客啊，你說說看，還有比這更親和的普考嗎？數學英文一概俱無，考她最拿手的國學作文欸！……

誰考普考榜首會興奮啊？

再說了，她浸淫古文中，從自修算起，起碼也十年，而且還在大學時鑽研了四年，發表過的小論文還小有盛名。不要忘了，即使在二十一世紀，許多古籍已然佚失，但是同時軌的歷代累積下來的重點和精髓、二十一世紀群魔亂舞百花齊放的思想碰撞，形同龐大無比的巨人，她不過就是坐在巨人的肩膀上而已。

如果被這樣薰陶長大、被過多資訊撐死的她，策論居然還輸普遍年少（京畿秀才大約都在三十歲以下）、社會制度尚未發展完全、哲思較為保守的京城學子……

她真該回二十一世紀切腹謝罪了。

所以這樣的盛名，她不但不覺得有什麼，甚至還有一點心虛。這就是為什麼到現在她還堅持不剽竊詩詞名句的主因。

已經作弊太多了，她實在沒那個臉皮再剽竊。她很鴕鳥的安慰自己，這只是刺激京繼學子進步，所以她才會放地圖炮加以擊沉……這是一種沉痛的必要殘忍，類似老獅子推小獅子下山谷。

她不承認造成了京城殲滅戰。絕對沒有那麼誇張。

宏觀一些說，傳佳嵐會造成這樣殲滅戰的結果，事實上就是政德帝是個非常務實的皇帝，徹底革除了原本漸趨浮誇、文藻華麗的文風。

（方法是把那些策論扔到御池裡拒絕點皇榜，造成那屆進士必須重考）

他要求的就是，言之有物，鼓勵自主思考。考官老學究妥協了這部分，改要求對聖賢言有深刻的理解——聖賢言都不通，何來自我思想。

佳嵐就是剛好符合了這個時代的要求和風格：

偶爾有點奇怪，但別出心裁的聖賢言理解（古今解文還是有代溝）；

強烈自我主張的明晰思路（來自二十一世紀現代人偶發的唱秋）；

底蘊深不可測的博學（其實是記了許多精華重點）；

和深入淺出詼諧妙趣的文風（純粹吐槽風格在大燕朝非常新奇）。

這就是她為何脫穎而出，威力強大到能殲滅青黃不接的京城學子的主因。

佳嵐是心虛所以低調，但夫子和侯爺都誤以為她修養太高，相對喝酒的兩個後中年書生還為她吟嘯詠嘆，深感身世畸零而灑淚一場。

紀晏也誤會得厲害，有些下意識的模仿她萬事不縈懷的淡然。

但是看三公子裝得少年老成，佳嵐表示不適應，總是設法逗得他面具破裂，大怒或大笑才罷休，而且絕對不承認在欺負三公子。

這場春闈風波漸漸在紀侯府後宅毫不關心和察覺下落幕，時序已然來到春暮夏初的楊梅季。嘉風樓盛產的楊梅，三公子上學時會帶一些請同窗，佳嵐特別品管挑選的大個兒楊梅會進貢給夫子。

從春闈中的激情冷靜下來的夫子，目光開始從佳嵐身上轉移到他的小弟子紀晏身上。

他的變化真是太大了。

當了那麼多年的頑石，如雷感化般，短短兩年內就燒除雜質，琢磨出璞玉初綻璀璨的光彩。

被傳佳嵐強烈的光輝籠罩，這孩子一路掙扎、站穩，能夠直視著前進。

日月雖輝，璞玉亦潤。並沒有複製傳佳嵐的腳步，而是自己開出一條屬於自己的文路。

說不定這孩子跟傳佳嵐一樣好……只是開竅有點遲。

夫子開始讓紀晏和已經考取秀才的學長們，一起學習君子六藝，親自指點，立誓要讓紀晏在歷代最不好混的大燕文人中發光發熱。

起初不太懂，紀晏理解的時候，夏天都要過去了。

夫子打算讓他明年考春闈，若是春闈三試能過，三年一試的秋闈，正好在明年秋天，就要一路催下去。

夫子對他如此有信心，現在就要將他打造成大燕真正的儒生。

心好熱，好滿。被夫子肯定。

他回去的時候，進了屋裡撲向佳嵐，害她嚇得尖叫，抱著她轉了好多圈，不知道被她打了多少下，還是笑得很開心，一面轉還一面歡呼。

＊　＊　＊

紀侯府對於紀三公子（含房內的佳嵐）會這麼粗心的疏忽，還有個重大緣故……

紀二公子紀昭，容太君孔夫人眼裡的超級寶貝蛋，諸表妹表姊爭奪的花美男，他他他……三月起去上學啦！

這簡直驚天地泣鬼神，近乎不可能的事情。立馬就被紀侯府最有權威的容太君列入最高度重視的特急件，而且因為紀二公子自主上進的行為感謝列祖列宗，原本關係非常緊張的婆媳關係，也因此和解，與孔夫人一起幻想紀昭順暢無比的官途，甚至成為大燕最年輕的宰相——絕對可以挑戰肌雪顏花的馮宰相記錄。

正因為如此重視，孔夫人甚至高傲的婉拒了紀侯爺的提議，不屑上龍蛇混雜（？）的族學，而是把紀昭送去孔家後人孔孝珍的孔氏學院，堪稱京城裡昂貴學府中的昂貴學府，來往學子絕對是世家譜前段班的人家。世家譜不夠力的，哪怕父親是一品大臣，也會淪為學院的最底層，備受嘲笑。

和紀二公子一起上學的，是世家譜超等世家，慕容家十九公子慕容玥。和當朝皇帝同宗的超貴世家……嘿嘿，怕了吧？

孔夫子後人，才識逼人，曾為禮部侍郎的山長。京城最昂貴最悠久的學院，身世無比高貴的學友，看起來簡直未試就踏入仕途的一半。

但是事實總是比表面殘酷許多。

才識過人的山長孔孝珍，對遊山玩水會飲吟詠的興趣比教育大太多了，一年在學院超不過兩個月，跟掛名差不多。孔氏學院的夫子，的確是嚴格控管，學問好得很……但對學生異常的客氣——對衣食父母客氣點是應該的，何況個個有來頭，家長都是怪獸級。

會被塞到學院的世家子弟，通常都是怪獸家長認為「我家孩子很乖，都是丫頭小廝（或者是西席夫子、或是無辜路人）帶壞了」，充滿了勢利眼的紈褲惡霸。

而慕容家十九公子，雖然不是紈褲和惡霸，卻比女孩子還美貌嬌柔，行動更是弱柳扶風。會和漂亮的紀二公子一見如故，想方設法廝纏在一起……是雙方都有意，裡頭很有些不可說的故事。

這樣的背景之下，能學到什麼真是天曉得。

佳嵐在夏天的湖畔撞見一次，發現這對貌美如花的公子攜手遊園，相視含情，耳鬢廝磨，當場落荒而逃，荷葉也不採了——原本要做荷葉蒸排骨的。

她還以為自己又穿越了，更悲劇的穿到某個古裝BL的小說裡。等回到嘉風樓，看到不滿的小水果們，立馬覺得自己穿得算是相當不錯。

弄清楚那個陌生的美貌公子何人，她非常肯定，二公子在那個高貴又勢利的學院，能學到的就是開發耽美的新視野，其他大概不用想。

讓她始料非及的是，在侯府住著的表妹表姊，對十九公子頗為和諧，毫不爭風吃醋

（莫非表姊表妹皆是腐女?!原來腐女的歷史如此悠久！）……

而應該和十九公子熱戀的紀昭，居然盯上了她，意圖將她調到自己的房裡!!

同性戀沒什麼，雙性戀也OK。但是你的對象已經跨越兩性和階級（小姐和丫頭……呃，還有公子），數量已經應付不來……現在還把手伸過來是什麼意思？

這不關雙性戀什麼事，而是赤裸裸的跨入淫亂的領域吧?!

最糟糕的是，淫亂的對象是我啊喂!!姐姐我可一點都不會惑於美貌自找地獄！

幸好世子夫人派人來提醒，不然佳嵐不敢想像後果會多可怕。永遠晒不黑的佳嵐，

再也顧不得護膚，忍痛把紀侯府流傳的香粉配方，摻入能讓膚色變深的某種顏料粉末，一出嘉風樓大門就得搽上，如臨大敵。

幸好沒有引起過敏，也沒有鉛成分導致慢性中毒。傳統中國人的「以白為美」救了她，紀二公子對變成小麥色的佳嵐立刻失去興趣，三兩天就拋諸腦後。

雖然逃過一劫，佳嵐卻如驚弓之鳥。因為怕痛不敢毀容，但這惹禍的容貌已經更加惹禍。討厭化妝的她沒搽小麥色香粉，連嘉風樓大門都不敢出，不得已上街只敢搽得更深，穿著往能夠多樸素，只會更樸素。

十四歲未滿就面臨禽獸的考驗，讓她感覺到大燕朝充滿蘿莉控，實在太危險。

時序推進到九月初，天高氣爽。

這天佳嵐要上街，剛好三公子休沐，要跟她一起去。

「妳跟我出門還得搽成這樣嗎？」三公子很囧的看著認真在手背搽粉的佳嵐。毫無遺漏，從臉到脖子，一直搽到手腕，看著香草冰淇淋口味的佳嵐變成小麥口味的佳嵐。

「一朝被蛇咬，十年怕井繩。」佳嵐非常堅決。

「我不會讓妳們遭到危險的。」紀晏非常認真的說。

佳嵐啞然片刻，「但是不讓公子煩心，是婢子們的責任。」

紀晏沉默了，差點衝口而出的抱怨，因此吞下。

自從「穀賤傷農」的考題後，佳嵐總是會把上街的日子，盡量調到紀晏休沐日。紀晏會盡量跟去……再也沒有比親眼見到百姓生活更好的教材，何況佳嵐是個太因材施教的老師。

三公子不知道，佳嵐所教是一整個大雜燴，從社會制度、簡單的經濟，到數學哲思等等不一而足。她的角度簡直是「二十一世紀人看大燕」，往往疏離而冷靜，反而能點醒習以為常的三公子，感覺到受益匪淺。

讓佳嵐意外的是，三公子於數學似乎有優異的天分。教小水果很挫敗的直式四則運算，他一次就聽懂，算得非常流暢，而且無師自通的飛快心算……明明沒有花什麼時間。

可惜她的數學頂多到三角函數……也不是她數學不佳，應該說，佳嵐還不錯，到現在還記得三角函數的公式推演和證明題，可見記憶力有多超群。但她會這麼認真去記憶，實在是她國高中的時候堅信中國一定很早就發明了三角函數，記熟好對證罷了。

（當然她一直沒找到相對應的佐證）

但是，三公子居然很快的了解三角函數，而且書念累了，會解三角函數題當作娛樂和休息。

真可惜。這樣一個數學天才，卻必須在國學上取得成就才可以。偏偏自己也是三腳貓。古今通才教育真的是扼殺天才的利器。

雖然說，在大燕成為一個數學家沒什麼出路……最少他飛快的心算，對於他未來為官應該相當有利……吧？

佳嵐只能這樣安慰自己。

九九重陽將至，街上非常熱鬧。這天佳嵐要出門，主要是訂製冬鞋……嚴格說是四小水果和她各兩雙，公子四雙鞋，更多的是鞋底。

不身在古代，不知道布鞋底的鞋多費。公子每天里程數太多，耗費很快，丫頭們雖不大出門，但每天的活也不少，跑來跑去的，耗得也很驚人。但是做鞋底耗工夫而且累人，佳嵐不忍心虐待事情已經很多的童工，寧願擠預算外包……事實上，外面的人工很便宜，銀子的購買力很嚇人。

還有一些精米、細麵粉，調味粉和乾料。大廚房照例不買帳，只供應三餐，但是面對發育中的少年們來說，那些是遠遠不夠的。

送回去倒還簡單，可以請路邊待工的幫閒*送回侯府。但是出外採買卻非自己來不可。不好意思麻煩世子夫人的人，但也不必指望孔夫人……只會有更多麻煩。

也穿得非常樸素的三公子，其實挺喜歡這個採購時光。佳嵐顯得活潑快樂，妙語如珠。庶民百姓的生活，讓他甚有感悟。孟老夫子說的「富貴不能淫，貧賤不能移」，不再只是書上的一句話，非常有道理。

看她跟人殺價，雖然身高是大大輸人，煞氣度破表，是絕對不輸人的。

……雖然人潮一多，她就被淹沒了。太嬌小這時候顯得很麻煩。

「來。」他伸出手。

「公子別吧。」佳嵐不怎麼想手牽手。三公子長得太快，她只喜歡牽小朋友。

「手來啦。」紀晏一把牽住她，「誰讓妳那麼矮，好容易搞丟。」

「我才不會走失！」佳嵐怒了。

紀晏低低的笑，笑聲真是太可惡。佳嵐一直想理智的證明她的身高其實號稱一百五，算是平均水準了，但是在高她一個頭的紀晏面前非常沒有說服力。

長不高其實沒差。不滿五尺無所謂。牽著她小小的手，就這麼一直走下去……其實也是可以的。

他承認，越來越不能把她當成姐姐，更無法把她當成一個，丫頭。

她就是獨一無二的，佳嵐。

甚至不是才子「傅佳嵐」。

他們牽著手，在喧鬧繁華的街市，沿著石板路，一直走下去。

＊幫閒：受人聘僱，陪主人休閒娛樂的人。

* * *

歲月匆匆，彷彿才剛過重陽，轉眼就大雪紛飛，然後年就在眼前了。

已經確定備考春闈的三公子非常緊張，日日攻讀不已。讓佳嵐大出意料之外的是，紀二公子紀昭，才進了一年學堂，大發豪語的也要考春闈了。

原來他在孔氏學院不只學到耽美新視界。

但也幸好二公子發下豪願，所以紀晏要報考春闈，孔夫人只稍微刁難了一下就放行了。紅花也須綠葉襯嘛！光高登桂榜還差了點意思，那個討厭的庶子名落孫山才能顯露出昭哥兒的聰明穎慧。

雖然佳嵐不知道孔夫人的真正心聲，但是阻礙少點總是好的。這孩子已經太患得患失，她對紀晏的春闈結果其實是抱著悲觀態度了。

但是就像前年的春闈那樣突然，平地一聲雷，夫子又接到了禮部發函，輾轉告知，佳嵐才知道，她也是這科春闈考生之一。

「又要試考？」佳嵐滿眼迷惑。

「……有學籍，正式考。」紀晏其實也不太清楚真正的狀況。

正式考有什麼用？就算考到狀元……大燕朝又沒女子為官，難道會為她這小丫頭破例？別鬧了，穿越者沒那麼了不起，地球繞著她轉啊？

琢磨來琢磨去，佳嵐拍案不再傷無用的腦筋。事實上她春闈試考的確相當程度的刺激了京畿學子，開始有人模仿她的思路……這也算好事。

至於這個有學籍正式考……說不定就像《鏡花緣》胡謅的「武后點淑女」那樣的性質。賜個冠帶，或者是賜個匾額，褒獎一下。她的學籍在族學，有什麼榮耀也是往那兒送。

還真是虛名，一點實際價值也沒有。就算這虛名賞她出侯府……坦白說，她還不知道何以維生，能不能保住自己還是未知之數。

雖然是政治比較清明的政德帝治下，但皇帝並不是全知全能。總有些骯髒事發生在京城的角落，她實在沒興趣成為當中的悲劇主角。

這次春闈，還是紀侯爺這房大力掩護，世子夫人再次回娘家，順便把佳嵐捲帶走。

紀晏沒有發作分離焦慮，卻有嚴重的考試焦慮。以致於考得不好……童生試倒數第五，連那個經年逃學的紀昭都在第二十五名。

至於榜首，毫無意外的，正是「傅小才子」獲得。

但是這樣的結果，反而對紀晏是比較順利的。因為紀昭信心滿滿的要繼續考，所以他也被默許了。

最後的結果讓紀侯府一片譁然。紀昭在鄉試就被刷下來，連秀才的邊都摸不著。童生試吊車尾的紀晏，居然名掛十五名，刷新了勳貴子弟的最高記錄，數據實在太過突出。

但紀晏實在驕傲不起來。因為他的丫頭，傅佳嵐穩妥的奪了小三元，佔據了三入春闈的三榜首。

只是他很疑惑，為什麼夫子和伯父都囑咐他口風要緊一些，不要洩佳嵐的底細。這些大人聯手隱瞞下來，讓小三元的傅小才子神祕如故。

當然，這些大人不會說，這是受到「上面」的關照。事實上，他們也摸不著頭緒。

至於那個「上面」，正是開開心心看熱鬧的流氓皇帝……這是馮宰相竭力保持的祕密。

整個紀侯府最高興的，大概是侯爺。可惜完全不能表露出來，讓他非常鬱悶。

沒辦法，侯府最大的不是他這個侯爺，而是他娘容太君。紀昭名落孫山，不過掉了兩滴眼淚，容太君就心疼得像是天要塌下來，不住大罵考官有眼無珠。他也不過嘴角上揚了一點兒，就吃了容太君的龍頭拐杖。

明明晏哥兒秀榜前十五，硬是連彩都沒掛，來報喜的人還被打出去。逼得他這個苦命的侯爺伯父，偷偷派人去兩條街外攔報喜的賞錢，唯恐生生折了晏哥兒的後福。

整府如喪考妣，正眼都不敢瞧嘉風樓，何況跟他們的人來往，兒媳也面有難色的說，老祖宗（容太君）親口裁了嘉風樓的用度，她實在胳膊擰不過大腿。他這個當伯父的心疼得要命，又無計可施。

還後福呢。侯爺府的秀才郎，都開始缺衣少食了！也就在族學夫子管飯，還能吃點好的……但侯爺聽說晏哥兒挾帶了幾個肉包子回來給小丫頭們吃，不知道誰嚼蛆，他那一輩子沒幹上編制內人員的員外郎弟弟，不知道藉什麼緣故，又打了晏哥兒一頓。

老子打兒子，天經地義，不過幾巴掌，做伯父的又攔不得。這個心哪，像是針扎了，疼得一跳一跳的。回頭看到只愛算盤數銀子的世子兒子，遷怒的罵了他一頓不爭氣。

世子爺那個悶，真是沒法提了。但他到底是個絕頂聰明的生意人，除了殺人放火觸犯律法後遺症太大，不好收拾，世子爺不屑這些CP值太低的事兒，但膽大心黑的主意，那可是一籮籮的。

其實出了個秀才堂弟，名次還排這麼前，他這做堂哥面上也有光是不是？走出去也受人尊敬，不只是尊敬他的錢。京畿秀才是掉了點漆，但終究是京畿秀才！誰知道晏哥兒將來會有什麼造化？

呂不韋那死老鬼還得花重金，提著腦袋捏冷汗搞奇貨可居的關係。他可不用，晏哥兒妥妥的就是他的親堂弟，而且比起另一個只能混女人肚皮和男人……呃，咳，的娘氣堂弟，明明就是爭氣得多，更有投資價值。

他可不是後宅那群眼光短淺的娘們……當然，他不是說他家那個暗藏春威的娘子。

於是這位道德底限很低的世子爺，毫無愧色的玩了一招圍魏救趙。

就在夏初楊梅熟的時節，世子夫人「不慎」撞見了正在山子洞妖精打架的慕容十九公子和紀二公子紀昭。不幸的是，世子夫人身邊，剛好是十九公子的娘，更不幸的是，十九公子是被「壓」的那方。

慕容家的夫人，自然是怪獸家長中的蠻荒魔種，性質理所當然的定在十九公子酒醉被辱，管他是什麼侯府，自然是招身邊的嬤嬤丫頭先給紀昭一頓粗飽的胖揍，要不是世子夫人攔得及時，紀昭小命已吹燈。

雖然事後十九公子哭訴是兩情相悅，他娘親捨不得打兒子，堅信是紀昭誘拐了年幼無知可憐的十九公子。勉強開恩不找紀昭麻煩，但也堅決不讓他們倆再見面。

於是乎，這段淒美的大燕朝ＢＬ，就這樣被無情的父母棒打鴛鴦散了。

但這事，在紀侯府卻傳得沸騰，並且隱隱往外擴散。二房當然炸鍋了，容太君臉上也不怎麼掛得住，破天荒的頭回呵斥紀昭，員外郎老爹當然順勢按著紀昭捶了一頓，孔夫人披頭散髮抱著紀昭大哭，口口聲聲說冤枉、被陷害，那個熱鬧滾滾……別提了。

老人家的怒氣總是來得急去得快，捧在掌心疼了十幾年的金孫，傷上加傷的面白氣促，就跟割了容太君的心肝一樣。最後當然選擇相信被冤枉，一切是誤會，非常自然的罵了長孫媳世子夫人一頓，孔夫人趁勝追擊，逼世子夫人跪下。

世子夫人是跪了……但也暈了。大夫一瞧，不得了，世子夫人懷孕了，這一跪動了胎氣……這可是世子爺頭個孩子，男的呢，就該是個小世子，女的呢，也是紀侯府尊貴的嫡長女哪！

世子爺聽聞噩耗，賞了自己幾個耳光，守著世子夫人只是哭。侯爺也慌了，還驚動了一心向佛的侯夫人。

若說能讓容太君有些怵的，就是這個身為大兒媳，冷淡守禮的侯夫人。畢竟被嚴正的道理和佛法攻擊，就算是紀侯府的第一大boss，也會損血得相當快，但就算吐血，走到哪也沒處說理……誰說得過那個多出帝師、累世書香門第的侯夫人。

有心腹人守著院門，世子爺擦了擦臉上偽裝眼淚的清水，巴結笑著給娘子遞茶捏腿。

「紀府有你這種不肖兒孫，老祖宗真是白疼你了。」世子夫人嬌嗔的瞪了世子爺一眼。

「別，這福我不敢認。」世子爺很乾脆，「老祖宗就盼著我沒兒子，將來過繼昭哥兒的兒子承爵。爹沒把爵位讓給二叔，老祖宗恨我們爺倆一輩子了。」

世子夫人拍了他一下，「滿嘴胡跑馬，忒大的人了，不該講的話還亂噴。」

「夫人，哎，娘子喂，別這麼大動作，我過來讓妳打就是了，拉傷腰如何是好。兒子要緊，您玉體更要緊哪。這不跟娘子大人一起麼？哪能不坦白，有什麼說什麼了。」

「貧嘴。」世子夫人笑罵一聲，「就是被你這渾子拐了，還幫你作戲。」

「值得不是？相信為夫的眼光吧，晏哥兒這注買賣，絕對是穩賺不賠。」世子爺一臉得意。

「你得了。」世子夫人嘲笑，「心腸軟就心腸軟，裝出那副市儈樣子給誰看？」

世子爺不大好意思的摸了摸鼻子，笑了笑，臉還有點兒發紅。讓他那文弱書生般的臉孔，又好看了一些。

春闈後巨大的壓力和惡意完全被轉移了焦點，三公子一整個茫然，佳嵐倒是猜到了一點點。雖然不怎麼全面，但也隱隱知道應該是侯爺那房玩了招乾坤大挪移。

佳嵐不知道的是，在當中起了絕大作用的世子夫人，在後宅中也當稱智勇雙全，運籌帷幄，驚世絕豔的當代豪傑了。

說起來，這位閨名王暖的世子夫人，和《紅樓夢》精明幹練的王熙鳳小姐堪稱瑜亮，但終究有決定性的差異。

世子夫人王暖，不但心機深沉，處事圓熟，治家嚴整……擁有王熙鳳所有的優點，更可怕的是，世子夫人雖然不是葬花灑淚的才女，終究還是識字懂算。

雖然她受的教育有些零碎不完整，一半跟隨母親學看帳會的，另一半是跟王家祖母念佛經啟蒙的。但光識字這項，就遠勝王熙鳳百里之外了，何況她信佛信得很樸實，真真是對人有憐憫之心的。

就是有了這兩樣優點，所以她徹底完勝了王熙鳳。

以前她不喜歡紀晏，是覺得這小崽子爛泥扶不上牆，只會鬧脾氣使性子，跟他姨娘一樣只會怨天尤人。但紀晏奮發向上了，她這個堂嫂相信天助自助者，在公爹還沒發話前就暗暗的幫扶了這個隔房的小堂弟，公爹開口只是能做得更理直氣壯而已。

也因此，她對佳嵐這小丫頭挺有好感。雖說人心隔肚皮，不管這丫頭是不是想搏個好前程，終究又有才氣又懂事能容讓，卻不是個麵團隨便人揉捏。最少她盡忠職守，不是顧著耍狐媚子，而是力促小堂弟上進。站在一個當家主母的立場，無疑她是讚賞的。

另外，站在一個女人的角度，一個能考到小三元的小姑娘，實在很想看她能走多遠。

到底世子夫人王暖，還是有些不讓鬚眉的豪情在的。

所謂不是一家人，不進一家門。雖說紀晏父母雙全，實在輪不到大房插手。但大房的boss不是有書呆子氣（侯爺），就是有浩然正氣（侯夫人），熱愛算盤的世子爺實在也歪不到哪去。連世故圓滑的世子夫人，都還是有點兒俠氣。

只是這房人都有點害羞。插手歸插手了，總是用這樣那樣的理由掩飾。

一直到最後，嘉風樓主僕還是只能自己瞎猜，大房誰都沒跟他們說過一個字。

但是事態發展到最後，紀晏還是察覺了。誰也不讓他謝，只說他多心。但他比佳嵐還明白孝字壓死人的道理，更能理解大房伯父、堂哥堂嫂根本是頂著事發容太君雷霆之怒的壓力，在設法周全。

不知該怎麼辦，不知道如何回報。他很惶恐。

昭哥兒鬧出這一齣，開始病了，孔夫人眼中只有昭哥兒，只管磨著容太君答應讓曾表姊進門沖喜，哪有空閒鬧什麼風浪。

也只有些想巴結上孔夫人的惡僕刁難一下，比起秀才放榜時，挨餓受凍的窘境，完全不算什麼了。

大房為他做了這麼多。明明他只是隔房的庶子。

他只能用功，更用功。佳嵐得用拖的才能把他拖出去和阿福走走，必須毫不留情的熄燈才能逼他休息。

「時間不夠了！」紀晏衝著她發脾氣，「我秋闈一定要上！」

「在號房裡昏過去病倒，哪裡都上不了，只能去陰曹地府考城隍了。」佳嵐堅決不讓，「公子，婢子不會害你。」

三公子和她對峙了一會兒，頹下肩膀，一臉的無助。「……無以為報，我只能光耀門楣。」

佳嵐沉默了半晌，「會的，公子。只要您平常心，舉人不難。」

看著紀晏翻來覆去，好不容易睡熟了，佳嵐藉著月光走了出去，在廊下仰頭，看著星月燦爛。

紀晏只能用突飛猛進來形容，讓她這個丫頭老師，都非常震驚。小小的公子，在很短的時間內爆發出異常的能量。

所有的努力，都不會白費。累積夠了，突破那層渾噩，就會如錐在囊，擋也擋不住的亮眼和突出。

似乎也不用太驚訝。一個滿十三歲的孩子，就能寫出唐朝劉長卿的〈逢雪宿芙蓉山〉，這樣的人不是天才，誰才該是天才？

是，舉人不難。最難的卻是，秋闈如何去考。

她想到頭痛，還是束手無策。連她去考秋闈都比較簡單，有世子夫人打掩護，誰會注意到她這小丫頭。就算不小心東窗事發，上面的手諭拿出來，她也能光明正大的走出大門……雖然之後會有無窮的麻煩。

可紀晏呢？

他是侯府三公子，親爹嫡母雙全，上面還有一個霸威全侯府的祖母容太君。紀昭形同身敗名裂，躲在家裡裝病哼哼了。疼得跟眼珠子一樣的嫡公子慘成這樣，怎麼可能讓卑微的庶子考到舉子功名，乾脆的踐踏到紀昭的臉上？

現在紀晏去請安已經是最難熬的時光了，總是莫名被容太君和孔夫人接近侮辱的訓斥，要他認清楚自己的身分……怎麼可能說服那兩個愚婦讓紀晏考秋闈？

秋天越接近，佳嵐越焦慮。但是紀晏卻平靜下來。

「妳呀，加減看點書吧。」他老氣橫秋的說，「我就算吊個榜尾，妳好歹也把解元拿下來，給我長長臉。」

佳嵐說不出話來。容太君已經冷酷的下令，讓他三年後再說了。

「有些事呢，是非做不可的。」三公子帶著點憂思的笑了笑。「……伯父一輩子最遺憾的就是，沒能考功名證明自己。」他的眼睛澄澈明亮，堅定異常，「我要去完成伯父的願望。」

她已經發現大燕朝禮教冷酷的威力。族長或老祖宗打死兒孫根本不算個事。所謂的「大逆不道」，根本是家族最高的當家人說了算。

佳嵐忍不住抓住紀晏的袖子。紀晏有點訝異，向來冷靜的佳嵐很少有這樣溢於言表的情緒。

她的手好冷，而且在發抖。

「不要怕。」紀晏放柔聲音，「我會挺過去的。我是妳們的公子。答應我，一定要拿到解元。」

舉子榜首，謂之解元。

佳嵐凝視了他好一會兒，發現這個單薄的小公子，突然長大好多。只抽個子不長肉，才剛步入青春期的孩子。卻已經挺起脊背，準備去扛起命運了。

「好。」佳嵐終於出聲，「我會考上解元。」

「要自稱婢子。」紀晏摸了摸她的頭。這丫頭就是不長肉也不長個子。「別讓人抓到小辮子。」

「……婢子會考上解元。」

他終於像個少年般，純淨的笑了。「讓別人都瞧瞧，我們主僕有多厲害。榜首和榜尾都包圓了，古今誰能如此？」

佳嵐的眼淚終於掉了下來。

秋闈前，世子夫人將佳嵐借走了，說母親喜歡佳嵐的手藝，沒有引起太多注意。秋闈那天，紀晏如常的去上學，天不亮就走了，但是傍晚沒有回來。

雖然李兒晚膳前就焦急的回報了，卻到第二天容太君才遣人去找……結果他根本沒有去上學。

秋闈考了幾天，紀晏就失蹤了幾天。

直到佳嵐回來那天的下午，紀晏才滿臉憔悴，神情安定平靜的回到紀侯府。沒有隱瞞，直言他請同窗的父親作保，去考了秋闈。

容太君勃然大怒，感覺到自己無上的尊嚴被不肖兒孫挑戰了，動怒到請家法，剝了衣服在脊背上打了幾十下，打到紀晏吐血了。

連求情的紀侯爺都挨了幾下棍子，世子爺磕頭哭道，舉榜未揭，萬一晏哥兒考上舉子，卻有個好歹，對外實在說不過去，才讓容太君勉強罷手。

但餘怒未消，「跟他姨娘一樣的下賤種子，還妄想當舉人老爺？呸！」揚言要擇日將紀晏除出族譜。

昏厥的紀晏被粗魯的抬回嘉風樓，面白如紙，他的丫頭們簌簌發抖。

佳嵐的發抖卻不完全是害怕，更多的是憤怒和不屑。

老而不死謂之賊的賊婆子！若不是害怕打死了可能的舉子，讓朝廷追究，紀晏怕是被家法刑死了。喊除族譜喊得如此響亮，不敢當場除了，還不是擔心萬一紀晏考上舉子被問起緣由。

她湧起強烈的無助和無力，沉寂幾年的血性，完全被激發出來了。

忍到緊咬的牙齒都微微動搖，能讓她不衝出去的只有，紀晏給她的承諾，和她答應紀晏的承諾。

公子他說，他會挺過去。挺過去總不能沒有人照顧——在將要來的狂風暴雨中。

深深吸了幾口氣，她感到口腔有一些血腥味。拿出早就預備好的熱水和巾子，小心的擦拭紀晏蒼白的臉孔，用鹽水洗著後背浮腫猙獰的棒傷。

四個小水果臉上掛著淚痕，卻沒有人哭出聲，只是安靜的忙碌。

這一夜會很漫長。因為不會有大夫，公子能夠倚靠的，只有她們。

阿福在門外守著，一動也不動，也沒有發出任何聲響。

照顧了他幾年，年年看他挨打。

佳嵐擦了擦紀晏額上的冷汗。發燒，身如火爐，手足如冰。都快成了個例，嘉風樓常備棒創藥和退燒化瘀的藥材和成方了。

無疑的，這是打得最重的一次。她相信，若不是侯爺、世子和世子夫人的關照，容太君真的想打死了事了。

太君的威嚴不容挑戰，高於一切。死個小小庶子真不算什麼。

紀晏的額頭很燙手。

佳嵐仔細的幫他用溫水又擦了一遍，只是情形不太好，紀晏開始囈語了。沒有掉淚，卻嗚咽著。人最脆弱的時候，總會下意識的喊爸媽。

他沒有喊爹，也沒有喊娘。只是斷斷續續的嗚咽，含糊的張了幾次口，卻又吞下。最後他痛苦含糊的喊，「佳嵐……嗚嗚……我冷……我痛……」

一直死繃著尊嚴的少年公子，終於在高燒意識不清的時候，開口喊了他的丫頭，流下忍了很久的眼淚。

佳嵐也跟著哭了。

這個彆扭強裝大人的孩子，再也沒有人比她更明白，他對好意有多惶恐，異常小心翼翼。傻傻的，只想拚命回報，卻不敢求一絲半點。

對父母已經完全絕望，卻不敢喊任何一個對他好的大人，怕給人添麻煩。他明明想喊夫子或伯父，最後都吞下去了。

唯一敢喊的，只有她。一個卑微的丫頭。

強烈的憤怒和悲傷，最後只化成無盡的心酸，讓她哭出聲音。

「我在這裡，公子，婢子在這裡。」強忍著嚎啕，佳嵐握著紀晏的手，他的指尖如此冰涼，「我哪裡都不會去。」

她知道，即使是文明昌盛的二十一世紀，也有受虐兒童，但她從來沒有親眼看過。她生活在一個很平常的家庭，卻很幸福。

紀晏的悲慘擊垮了她堅強的心防，雖然靈魂的年紀已是成年人，她還是茫然痛苦的縮了起來，強烈思念自己的父母兄弟。

不可以想，不該想。在幸福握在掌心的時候，她視為平常，沒有珍惜。

現在就算想要想念他們，也不知道他們在哪裡了。

那是一場很悲慘的車禍，被大貨車硬生生的撞出護欄，掉下懸崖，全家無人倖免——最少肉體無法倖免。

靈魂星散在不同的軌跡，或者說時空。她是最後走的，無助的看著家人進入不同的時空，成為不同的人。

即使她成了大燕朝一個小丫頭，一直都還能為了生存奮鬥下去，其實就是想到家人其實沒死，跟她一樣成了未知時空的穿越者……

她不想讓家人傷心。所以要拚命活下來。

即使再也不會見面，她依舊愛著爸媽和哥哥弟弟。家人的愛一直是她最大的倚仗。她從來沒有想過，其實溫暖的家庭，是種天恩。有時候家庭不只是牢籠，還是可怕的煉獄。

很想保護這個可憐的小公子，她頭回感到這樣恐懼和忿恨的無能為力。只能輕輕拭去他的淚，再次兌一盆溫水，設法讓他退燒。

紀晏醒來時，後背的疼痛如閃電般擊中他，讓他悶悶的哼了一聲，連趴睡的痠麻都不算什麼。

後背像是壓著烙鐵，每個呼吸都往下侵蝕更多，灼傷般，很想大哭大叫。

等等。我是不是哭了？這個念頭瞬間壓制所有痛苦，眨了眨有些紅腫的眼睛，慌忙去摸臉頰……還好，沒有淚痕。應該只是燒得厲害，眼睛難過吧。

他發誓不再哭泣的。太軟弱，沒有一點用處，不是男子漢。他不能哭的，佳嵐她們會很害怕。

身為一個公子該有公子的樣子。

有人過來，他吃力的抬頭，發現佳嵐臉白得連唇都沒有顏色，眼睛腫得跟桃子一樣。

喂，好歹妳是曠古未有，奪得小三元的秀才娘子，哭成這樣太滅威風了。

「……愛哭鬼。」他的聲音沙啞得不像話，自己都聽不清楚。

結果她又哭了，唉。很想告訴她，不要哭。他早說過會挺過來。這還是最好的結果……只挨了一頓打。她不明白，容太君有多可怕……偷跑去秋闈，頂多只能說是少年意氣不聽話。說謊，不說太容易識破，到時候容太君若一狀忤逆告上去，不要說前程，命都可能沒有，誰也救不了他。

他還不能死。佳嵐和四個小水果，還有阿福，都得指望他。他不管是什麼原因死了，哪怕是被容太君杖斃，除了阿福，誰也活不成。

小時候，很多話他聽不懂，只是記著。照顧他的人總是很愛說話。他知道除了伯父外，他本來有幾個叔叔。

但他們沒有活到五歲過。照顧這些小叔叔的丫頭婆子，也都是杖斃去地下服侍他們的小主子。

不可以死。說好要護著妳們的。

但他又痛又疲倦，眼皮非常沉重，很想睡過去，喉嚨好像吞了一把炭，聲音出不來。

他只能勉強清醒的望著佳嵐，彎起嘴角，對她安慰的笑一笑。

這傻丫頭的眼淚怎麼更多啊？以前的氣定神閒果然是裝的。哭得這麼難看，還勉強對著他笑，超慘的。

沒事的，不要害怕。睡過去之前，他只來得及輕輕拍了拍佳嵐的手，感覺佳嵐緊緊的握住，有點顫抖。

這是最後一次。再也不讓妳這樣害怕了。

這頓打雖然沒打斷紀晏的脊椎，卻真的傷了元氣，倒在床上半個月才勉強可以起身，連高中舉子第五名都還「臥病在床」，沒能接受賀喜。

「傅小才子」不負眾望的奪得解元，依舊神祕得要命，連面都沒有露。

但是比起自己的第五名，紀晏更高興佳嵐奪得榜首，破天荒的連吃了兩碗白飯，疼痛都好了許多。「有點可惜。榜尾榜首包圓不了了，我怎麼就考了第五。」說得好像很遺憾，事實上非常沾沾自喜。

佳嵐就沒吐他了。讓他唱秋一下也不會怎麼樣。

事實上，自從秋闈放榜以後，紀侯府都快被擠爆了，容太君的哥哥國公爺親自上門，沒見到紀晏還很不滿，怒斥妹妹沒有好好照顧出息的甥孫，送了一大堆禮品和昂貴藥材過來。不管關係親不親密的勳貴，幾乎都來道喜了。

雖然那些禮物和藥材，紀晏一樣都沒看到，但容太君的確暫時忍了下來。

無他，此時紀晏風頭太盛。

怎麼說呢？

自從政德帝改革科舉之後，文才佔六，家世佔四，這個嚴重的落差造成了勳貴子弟嚴重的落馬。雖說好人家必科考鍍金，但勳貴畢竟只是為了鍍金，遠族庶支為了翻身可是拚了老命，書香門第更是丟不起這個臉。

於是科舉的數量大為傾斜，勳貴子弟能夠勉強綴在榜尾附近就是祖上燒好香了，被文官嘲笑，也不是一天兩天的事情。

終於了，勳貴子弟出了一個舉子第五，十來年的揚眉吐氣。不說身為舅祖父的國公爺面上金光燦爛，同個勳貴圈子也與有榮焉。

容太君儘可在紀侯府興風作浪，卻不敢觸眾怒。在紀侯府是老祖宗，在勳貴圈子裡，還不很排得上號。

不說容太君面上笑暗地裡咬碎大臼齒，孔夫人更是如百蟻鑽心，痛苦的坐立難安。

難道要眼見著紀晏這下賤種子三年後再搏一個進士？那還有她嫡親親的昭哥兒站腳的地方？連她娘家母親和哥哥都來跟她說，把這下賤崽子記在她名下了……怎麼忍得下這口氣？

正在怒火攻心，想要暗暗將那個小畜生弄死的時候，她的奶嬤嬤給孔夫人出了個主意。

京城太多眼睛盯著了，弄死個小崽子沒什麼，但是突然死了個京畿舉子，朝廷總是會追究。這小崽子能有狗屎運當上舉人老爺，不就是靠族學那個偏心的夫子嗎？就說要給他請名師，把他弄去窮鄉僻壤的鄉下，使人看著。出了京城，搓圓搓扁還不是夫人一句話，毛都還沒長齊的小子，還怕他翻天不成？

孔夫人恍然大悟，說，早該如此。

於是孔夫人跟容太君嘀咕了一陣子，宣佈要讓紀晏去莊子靜心讀書，已經延請名師，一切都安排好了。

為了表示慈母心，很大度的讓佳嵐和四個小水果去服侍公子，紀晏央求把阿福帶著，她覺得不過是一把老鼠藥的事，也就應了。

孔夫人不知道的是，出完「壞主意」的奶嬤嬤，悄悄的接過了世子夫人的大丫頭給的，一整袋的金珠子。孔夫人還挺自鳴得意的感到，一切都在她掌握之中。

在大燕朝，遠行從來不是舒服的事情。孔夫人精心安排的車馬，完全金玉其外敗絮其內，晃得能把腸子吐出來。世子夫人已經盡心打點了，但隨行的一房家僕，顯然陽奉陰違，出了京城就想往這幾個小孩身上撈油水，非常惡形惡狀。

但奸險狡猾的世子爺早算到這一步。明面上是孔夫人雇的鏢師，實際上卻是世子爺的熟人。這些江湖好漢職業道德明顯高出許多，拿錢就辦事，把這房兩夫妻帶兩個半大小夥，請去一邊「談談」。

回來時無不鼻青臉腫，態度恭謹得幾近卑微。

當然，哪可能這樣就打服了這票刁奴。孔夫人和世子夫人兩手給錢，能在這群小鬼身上發財豈不更好？而且孔夫人也暗示了，儘管下手，出了人命，都有孔夫人兜著……妥妥的就是砧板上的魚肉啊！這起粗豪漢子能跟他們一輩子？不可能！

每個月都有補貼銀子，小雜種的財物自然也屬於他們，一個公子哥兒，五個豆芽似的小丫頭……怎麼奴役都是該然的，也該他們翻身享享當主子的福氣……

但這一切的希望，在到了地頭後，立刻無情的熄滅了。

這個鏢局每個月都有人從這靠近徽州的窮鄉僻壤經過一回，還預先擭了這房奴僕燦爛開了果子鋪起來存（鼻青臉腫得很色彩繽紛），已經打滅一半氣燄。等看到孔夫人安排的宅子……連大門都沒有進，逃去村子裡找房子住了。

行李還是鏢師送進去的，一路撒著紙錢，持著香火。

抵達這座宅子的時候，正是夕陽西下，晚風過分陰涼。四個小水果都縮在佳嵐背後，阿福則是夾著尾巴哼哼，縮在三公子背後。

這場景，真適合拍倩女幽魂。佳嵐默默的想。

她是明白孔夫人不可能給他們安排什麼度假勝地，但絕對想不到會來到一個這麼接近鬼屋的所在。

最後鏢師們要離去，凝重的分發了幾個平安符……就快馬加鞭的逃跑了。

其實也沒那麼糟，雖然小巧，但園林亭閣，五臟俱全，大約比嘉風樓還大些。屋內除了佈滿厚厚的灰塵，傢具一應皆有，屬於南方那種簡約線條優美的風格，移步換景，頗具匠心。

只不過薄霧靄靄，冷得有點不尋常，氣氛有些壓抑陰森罷了。

但走在最前面的三公子，僵硬得很，看得出來，腿有些發抖了。

結果是，佳嵐打掃，全體都擠在她旁邊幫忙，連紀晏和阿福都不例外。去廚房燒水做飯，也全體都擠在很小的廚房。亦步亦趨，後面好像掛了一串粽子似的。

臨到睡覺，公子在床上睡，四小水果拚命哀求著佳嵐一起來公子房裡打地鋪，阿福縮在床底下，死都不肯出去。

這一夜，累到翻掉的佳嵐，頭沾枕就睡著，打地鋪也不能動搖她甜美的睡眠。神清氣爽的起床，才發現一屋子除了她以外，每個都委靡不振，個個掛著黑眼圈。

一問之下，原來人人被壓床。

「你們只是太累了。」佳嵐淡淡的說。

她真的什麼都沒看到，也沒感覺。但是紀晏強自鎮靜日益發青的臉孔，和四小水果天天飆音量的尖叫，讓她快精神衰弱了。

更不要說阿福害怕的撲到她懷裡，讓她的肋骨飽受傷害。

草比人高的庭園，需要打掃的眾多房屋，百廢待興，她哪有時間一直給他們壯膽當鎮宅物？

被煩不過的她，板起臉孔，在牆上用木炭開始寫三角函數公式。

很簡單，什麼符她都不會。據那個該死的小說家言道，數學能夠辟邪。誰知道這是怎麼導出來的結論。

反正就是安定人心，不要讓這些大驚小怪的小朋友，繼續折磨她的神經。

至於她怕不怕呢？

這麼說吧，看不到聽不到的玩意兒，要怎麼怕得起來？再說了，她經歷了絕對不可思議的穿越，從某個角度來說，她是借屍還魂，親身體驗過只餘靈魂的滋味。

論成就，絕對是她這個還能奪舍的穿越者，大勝那個只能鬼壓床嚇唬人的傢伙，強弱分明，無從怕起。

不知道是這股氣勢，還是數學公式真的起作用，也可能是住久了有抗體，大夥兒漸漸消停了，換附近村子雞飛狗跳，聽說路過他們宅子的村民，有幾個看到鬼了。

佳嵐很悶的拿了木炭，去外牆把記得的三角函數公式都畫滿，畫了好幾天。

終於天下太平。

只留下一點後遺症，讓佳嵐很啞口無言。

那片寫滿了英文和阿拉伯數字的外牆，有村民偷偷的過來摸一下，或者乾脆撮土插香，偶爾還發現沒化盡的紙錢。

這些一開始還會訛詐他們這群城裡小孩的村民，態度一百八十度大轉變，變得分外和藹可親，尤其是對佳嵐，特別敬畏。等混熟了，還有夜驚的家長或疑似撞邪的家屬，特別來請「傳大仙」賜符。

……賜你媽。

她這邊堅拒，但是紀三公子不知道哪條筋不對，嚴肅的對她說教，「救人一命如造七級浮屠」。

「公子，」她終於爆炸，「我不會！」

「妳會的。」紀晏的口氣異常堅定，然後放低音量，「我知道，妳不想讓人知道妳是妖怪……但是修道還是積德為上，這對妳的修行是有好處的……」

他的目光這樣堅定又和煦，佳嵐卻很想讓他腦袋通通風。

在巨大的輿論壓力下，佳嵐悶悶的屈服了。

但是看著拿著黃紙上面只寫著「$\sqrt{2}$」的符，她真不覺得這會有用。可是喜孜孜拿著符回去的村民，又喜孜孜拿著整籃雞蛋來謝恩，說大仙法力無邊。

……這是心理作用好不好?!

讓她更悶的是，這地方風俗所稱的「大仙」，通常是狐狸、黃鼠狼或者蛇成精者。通常還有個神媒。

她這個「傳大仙」最厲害就是不用請神，直接就是了。還總有人打聽她到底是哪路神仙，連四小水果都敬畏的詢問過。

她真的有吐血的衝動。

* * *

正是紅鬧綠恰的三月，一個青袍少年書生，連連作揖，婉拒了傷腿老翁的挽留，將繫在腰帶的袍裾放下來，整了整衣冠，又回頭一禮，溫文儒雅的走出農家小院，手裡還提著一個米袋。

那米袋不輕，但在他手底好像只有件衣服的重量。步伐悠閒，氣質出眾，在周家村這片兒，算得上一等一的人才。

不見那往來的大姑娘小媳婦兒，都拿眼睛瞅著嗎？

可惜，真是可惜。老翁目送著書生，忍不住嘆氣。他有個孫女，今年十五了，出落得極好，可惜長得好心也大，一心想嫁讀書人。他也知道孫女兒屬意這個舉人老爺……他也是千萬個願意。

說起來，這少年舉人老爺，的確是好得沒話講。別個書生手無縛雞之力，人家舉人老爺能挑著擔飛跑，有一把好力氣。為人又和善，見人都愛幫扶一把。瞧瞧，大老遠把他從鎮上背回來，一句話都沒多說，還是這麼客氣。

鎮上讀書的孩子，哪個不恭恭敬敬的喊一聲「小夫子」？幫著鎮上老秀才教書，那學問真是大大的有。

可惜了，偏偏是傅仙家的舉人老爺。傅仙家都說了，舉人老爺當晚婚，誰來說都沒門，誰家閨女能拖過二十嗬……

只能眼饞著。誰敢去勉強有仙家服侍的舉人老爺？絕對是天上星宿下凡啊！說不得就是魁官，將來定是狀元公啊！

他家孫女，是沒有當夫人的命囉。

拐過轉角，離了周家村，步上別莊的小路，紀晏才暗暗的舒了口氣。

每次經過周家村，家家戶戶的姑娘都跑出來看，掉手帕的掉手帕，丟荷包的丟荷包，讓他妥妥的捏把冷汗。他是很想跟這些姑娘們說，以貌取人失之子羽，負心皆是讀書人，千萬不要被騙了。

但他只勸過一次，就被嚇得落荒而逃，最後是佳嵐冷著臉出來把那個姑娘嚇回去。讓他感嘆，比起京城，這兒的姑娘真的勇於追求。

照佳嵐的話說就是，窮山惡水多刁民。

其實我長得也不怎麼樣。摸了摸自己的臉，紀晏又嘆氣。只是這些可憐的小姑娘被「舉人老爺」這塊招牌給沖昏了頭。

事實上，紀晏是有些妄自菲薄了。

來到周家村已然一年有餘，他虛歲已十七。個頭竄得老高，將近六尺（一百八十公分），跟每月來探望的鏢師學了點把式，練武不輟，加上善於持家的佳嵐伙食加持，比尋常的農家小夥子還壯實。

只年餘，他從蒼白的富貴家公子哥，變成能挑著擔子飛跑的小麥色帥哥，變化之大，只有脫胎換骨可以形容。

凡事都是被逼出來的。一屋子的小姑娘，雖然「傅大仙」名頭響亮，但村鎮總不乏不懼鬼神的混混無賴，他這個唯一的男丁不出去扛行嗎？不能只靠阿福吧？

他被偷了幾次，桃兒還差點被搶，他們深深領悟到，沒有大人庇護，靠一個虛的大仙名頭，實在不足以憑恃……更何況他們還是外地人，不欺負你欺負誰。

財不露白才是真理。

所以很多事情都得自己來，什麼都要學。佳嵐和四個小水果已經夠辛苦了，挑個擔子打個水不在話下，養馬餵狗更是他份內的事情。

一開始是不太習慣，但是久了，反而對這樣的生活甘之如飴。雖然很多事情都得自己動手，兩手空空的他，還逼到得去鎮上免費教書才能換得看書的權利……

日子卻過得很安心。

不用戰戰兢兢，不用煩惱擔憂。原來，在內宅之中，他一直都是屏著氣息過日子。自由的呼吸，原來是這麼美好的事情。

有很多事情，都是想開了就好了。真正值得珍惜的是什麼，原本的初衷是什麼，不要糊裡糊塗的忘記。不知不覺中，他爭強好勝的心淡了許多，火爆脾氣也磨掉很多稜角。

原本想到不能去考進士，他就充滿憤怒和焦躁——祖母和嫡母擺明了就是要斷他的功名路。離開了紀侯府，和佳嵐她們簡單的相依為命，經過了一年多，他不再憤怒和焦躁。

不能就算了吧。舉子也能為官，雖然只是芝麻綠豆大的小官，比吏還高不了多少。但是會有俸祿，能養家活口。功名上再無寸進，太君和嫡母應該就滿意了吧？

他最想要的就是保全自己的人。

別莊在望，紀晏正要上前，一股危機意識湧上心頭，讓他往路旁閃了閃。

一把菜刀就扔在他前兩步。

「不要以為我只是嚇你。」佳嵐冰冷的聲音傳來，「砍死你這王八蛋只是為民除害！」一抹嬌小的翠影衝了出來，手裡還拿著把亮晃晃的菜刀，追著前面抱頭鼠竄的小痞子。

……他的脾氣變好了，可佳嵐的脾氣卻隨著日漸美貌，越來越火爆。

「等等，」他趕緊抓住佳嵐的手，「放下放下，多危險……」

話還沒說完，前面跑的小痞子慘呼一聲，不知怎麼的摔了一大跤，從有點坡度的小路一路滾下去。

四個小水果一陣歡笑，興沖沖的跑過來，「佳嵐姐姐，我們這個絆馬索夠準吧？」

「嗯，」佳嵐很大氣的點點頭，「晚上煮紅燒獅子頭。」

歡呼聲中，紀晏有點頭疼。「……別帶壞小孩子好嗎？」

「回公子，婢子沒有帶壞人。」佳嵐恢復溫文柔雅，「小孩子總是要教育的。好色的毛病更不能慣，多教訓就好了。」

不知道那個小痞子胡三有沒有摔出點毛病。紅粉髑髏啊，這小子就是學不會。上回差點把鼻樑摔歪了，現在又回來找教訓。

紀晏默默的收走佳嵐手裡的菜刀，拎著米袋進了屋。

等吃飯的時候，高頭大馬的阿福才溜著牆根，自以為很瘦的匍匐到狗碗邊，被紀晏逮個正著，毫不客氣的賞阿福一個穿顱手。

「又跑出去風流了！」紀晏擰著阿福的耳朵罵，「告訴你什麼？不叫你看好家？一天到晚往外跑，不怕累斷你的命根子?!」

站起來都要到紀晏胸口，長得像熊的大狗，被擰疼了也只敢夾著尾巴嗚嗚的求饒，一雙眼睛水汪汪，看起來要多可憐就有多可憐。

但紀晏也是壓低聲音罵，不敢太大聲。家裡的小丫頭年紀都還小，可不知道阿福「欺負」母狗是怎麼回事。頭回撞見時大驚失色，把阿福拖來海扁了一頓狠狠警告，總之要離開丫頭們的視線範圍。

阿福懂是懂了，但是也樂得往外跑，完全忘記牠的職責是看家。

「要出去風流也等我在家……家裡出事你還想有飯吃？笨蛋！」紀晏又在牠腦袋狠拍了幾下。

阿福裝得很痛的該了幾聲，然後又嘻皮笑臉的猛搖尾巴纏著他玩，還叼了最大的肉骨頭給紀晏。

「得了，少狗腿……」紀晏笑罵，「揍你一回才知道看家，是不是要天天揍來存著才天天在家？……」

冷不防，一聲「公子」，就害他和阿福一起跳起來。

一回頭，佳嵐氣定神閒，「公子，先吃飯吧，吃飽再跟阿福玩。」

紀晏的臉一直紅到耳根，額際冒出細汗。不知道佳嵐聽到多少……馬的又不是我出去風流，幹嘛心虛？

但還真的怕佳嵐追問，阿福幹什麼去了，那還真是……絕對說不清楚。

幸好佳嵐什麼都沒問，只是添飯傳湯，一面嘮叨著他不該挑食。他無心辯解，忐忑之下，把他最討厭吃的絲瓜吃了個乾淨，趁天還沒黑盡，鑽去書房用功了。

收著碗盤的佳嵐，噗嗤一聲。

照顧三公子這些年，貼身衣物都是她親自洗的。青少年嘛，血氣方剛，當然難免會夢遺什麼的。雖然她這個來自二十一世紀的穿越者明白性教育，但也不知道怎麼講解。

大燕朝可不同二十一世紀，自有一套社會規範和標準，不能以今詆古。四個小水果一日日大了，三公子想收人……說真話，她攔不住，也沒有立場。她並不是老學究，也很理解「飲食男女，人之大欲存焉」。但欲望之後的責任義務之類……公子哥們可能沒想那麼遠，圖痛快而已。

他還小的時候，可能可以想得很透徹。可現在紀晏已經大了，說不定欲望這回事足以衝破原本的自我規範。

但是她終究還是沒真正了解這個小公子的堅忍心智，和在黑暗後宅打熬出來的清醒和重情。

強到能抵禦欲望這種毀滅性武器的程度。

他其實已經明白男女情事，卻能嚴格的管住自己。或許就是因為……太重情。鄉下人家婚嫁早，三公子跟她談過幾次，擔心小水果們會不會嫁不出去。

這樣也好。或許就是這樣心腸太軟，總是回頭擔憂的看著她們的三公子，才會讓她甘心為他打算，服侍他。

紀晏隱約提過，若是真的不能再考，可能會去做個小官……舉人為官，地方非貧即苦。這些他都無所謂，只是很可惜佳嵐被他牽累，原本妥妥的狀元娘子就沒了。

「公子言重。公子在哪，婢子就會在哪。」佳嵐淡淡的說。

結果紀晏眼眶立刻紅了，粗聲粗氣的把她支出去。

她倒不是虛言諂媚，不過是實話罷了。就算考上狀元，女官出仕在大燕朝太驚世駭俗，最可能的出路是脫奴籍賞匾額，至多賜個婚……喵低她才不想嫁給那些三妻四妾鼻孔朝天的哪個勳貴子弟，當王妃她都不願意。

除非……除非什麼，她就不願意想下去。因為太猥瑣了，會瞧不起自己。

她一直覺得光源氏計畫很變態，怎麼也不想變成另一個變態。

之後幾天，挨過揍的阿福，很乖的在家裡看家，對佳嵐一見鍾情的小痞子胡三可就苦了，天天讓阿福怒吼著追著跑，屁股不免要被咬一兩下。

怎麼會有立志要娶「仙家」的白痴呢？佳嵐對此表示不解。

紀晏倒是很了解，所以督促著要佳嵐天天塗成小麥色。可惜塗得這麼黑，還是天生麗質難自棄，佳嵐一天天的長大，氣韻越發嬌美，讓他很頭疼。

是不是該塗炭還是漆呢？紀晏一整個發愁。

現在佳嵐和四個小水果正爬在桃樹上，笑語琳琅的摘桃子，非常無憂無慮。不知道樹下接籃子的公子非常煩惱。

四個小水果還只是日益清秀，佳嵐已經往絕色的方向大步邁進了。如果是美豔，說不定還可以放心些，但是佳嵐單薄纖細，妥妥的一個暮秋之蝶，惹人無限憐惜……若不是她老板著臉，瞪著外人像是欠米還糠的債主樣，還有個「仙家」的名義擋著……

紀晏不知道怎麼打發那些撲過來的狂蜂浪蝶了。

但這些憂愁在一個小桃子掉到他頭上立刻就忘了，和佳嵐笑罵了幾句，依舊還是少年的三公子放下他故做成熟的矜持，三兩步也爬上樹，玩得那一整個叫做瘋。

打破他安逸溫暖生活的，卻是一紙邸報。

一個轟動大燕朝的大案引起政德帝震怒，朝野譁然的案子，是兩廣總督強搶學官妻子，構陷學官入獄，那個慕容庶族的學官不明不白的死了。

兩廣總督的辯詞很可愛，說婦人太妖勾了他心魂，這才犯下大錯。

舉人能做到最大的官，就是學官。但是還不足以讓那個學官保住妻子。再怎麼嚴辦，事情已經發生，傷害已經無可彌補。

他害怕。是的，紀晏很害怕。妻子都保不住，不要說一個丫頭。他的手心都是汗。第一次，他感到現實的可怕和冷酷。他聽到書生們議論，十個裡面起碼有五六個批評紅顏禍水。

明明錯的是兩廣總督。

一年半來，他頭回寫信託鏢師給世子堂哥。他原本不想再麻煩他珍惜的任何一個人。

但是，他終究發現，自己是軟弱無力的。他還是需要去走那條青雲路，哪怕難如上青天。

他要考進士。哪怕是三榜之末，他也必須為自己重要的人，戰上一戰。

紀晏這封書信，倒是很快到了世子爺的手上，讓他詫異了一會兒。

看完信，他沉吟片刻，把信放在燭火上燒了，跟送信的鏢師說，「傳我口信，說我知道了，讓他好生準備。」

其實他一直關注著這個堂弟……實在也沒人好關注了，二房鬧得像三國演義一樣，你方唱罷我上場，他恨不得當作不認識那夥兒親戚。

容太君忙著把私房搬給二房，他忍了，還勸世子夫人別計較，橫豎世子爺我有本事，不靠祖產也發達。但是蠻橫的把公中當自己私囊，大手大腳的花，這算什麼事兒呢？

搞得堂堂世子爺還得東藏西挪的裝窮，帳面入不敷出，容太君只會斥責世子夫人不會當家……事實上就是說他這世子爺不會生財，把祖產收了大半回去，她老人家要親自管。

管吧，反正妳是老祖宗，妳說什麼是什麼。可最混帳的就是，祖祖輩輩留下來的鋪子田產，居然零零星星的賣了！手下人跟他回報的時候，世子爺沒繃住雍容氣度，一跳半丈高。

賣、祖、產！

他就是滿身是嘴都說不清楚了，難道還能跟容太君去對帳？正經經手的除了容太君，就是他這個長子嫡孫的世子爺了，容太君打死不會認盜賣祖產，這黑鍋妥妥的就是該他背啊！

要多不肖的子孫才鬧到賣祖產的地步？而且這些祖產，名義上還是他爹繼承，他至多是託管。這個黑鍋不能背，一背就完了。瞧瞧，子私賣父產，一狀告上去就是穩當的忤逆。就算他爹打死不肯告他，容太君是有權親自遞狀的。

這老虔婆太黑！世子爺非常忤逆的心裡大罵。到底我爹是不是妳生的，我還是不是妳孫子了?!

爵位就那麼好？好到妳在我爹身上謀不到，謀到我身上了?!

龍有逆鱗，觸者必死。雖然世子爺不是龍，好歹也算快成蛟的大蛇等級，跟他那飽受儒家薰陶的溫厚老爹大不相同。

這事兒就發生在紀晏被送走不久，赫然發現自己成了靶子，哪裡能不還手。跟世子夫人一合計，裡應外合。他主持抓到賣祖產的奴僕，管他是哪個，太后的人也照打……總之，膽大心黑，再硬的嘴也撬開了，逼出口供和手印，扔到大老遠的庄子看管勞役。

他很明白內宅奴僕錯綜複雜的關係網，鬼才會用那些家僕。世子爺在外行走多年，皇上的軍糧有一半多靠他流通，京城跺地能顫兩顫的人，難道沒有自己的班子？

調了北地的夥計來，臉上抹兩把鍋灰就上了。來一個，抓一個。來兩個，抓一雙。

內宅婦人靠的就是帶來的陪房和老家人，信得過的不過寥寥幾個，往往是身邊親信嬤嬤的丈夫或兒子。世子爺一發狠，容太君的親信失蹤大半。

容太君也不是白長了那些歲數，開始懷疑是不是這個鬼頭鬼腦的長孫作耗，無奈世子爺一整個比屈原還屈，忙忙的要去報官，容太君哪裡肯，只是要他找出人來。

最後世子爺淚撒祠堂，抱著老太爺（祖父）的靈牌哭得那一個叫做可憐，口口聲聲兒孫不孝，快讓他收了這個不孝人。

最後是同宗的長老實在看不過去，勸了容太君。為了幾個被打劫的奴才逼自己長孫，算什麼事呢？世子爺又沒領實差，更不是捕快，逼他又生不出人來。

結果容太君掀底牌了，讓原本懷疑的世子爺徹底傷心。

容太君狀似極難過的說，她為這個不肖孫瞞了多少事，結果這個不肖長孫卻鬧到祠堂來。「派去查這孽孫盜賣祖產的家人，恐怕都被他滅口了。這事，真不該替他瞞。」

世子爺熱淚盈眶，有氣無力的揮手，讓身邊的小僮去取匣子。說，他賣了那處祖業，來對帳！只要他賣了，天打九雷劈，永世不得超生！

最後族老看事情不妙，趕緊和稀泥。瞧瞧，祖產還在呢，不過是誤會一場。祖孫家的，說開就是了，何必發毒誓。

世子爺倒是調動了全身的戲劇細胞來了場祖慈孫孝，回頭牙咬得臼齒動搖。

好在老子機靈，寧可破財也把祖業買回來，不然現在恐怕就為萬人唾棄，弄個不好要吃官司。別說爵位，連性命能不能保都說不好！

他這頭恨啊，腦子一熱，調動關係盡力的查。世子夫人一配合……得，這事說大不大，說小不小，全都是因為，紀員外郎二老爺想升官了。

員外郎想升官，其實不難，只是得外調到比較窮苦的縣，從基層幹起。可風逸俊秀的二老爺哪吃得起那種苦，想在京升官，既然才能和人脈兩虧，只好金銀開道。

世子爺不禁氣悶到要窒息，再次的懷疑他爹不是容太君親生的。

但事實，總是比演戲還雷人。

世子夫人終究有通天手段，挖掘出真正的真相。

據說，紀老太爺還有個同胞弟弟，紀老太爺長得像他貌不出眾的爹，紀太叔爺像他那絕色的娘。

容太君嫁來紀府，紀太叔爺年方十二，出落得如不玷之蓮。

但是慢著，並沒有那麼狗血。還沒懷紀二老爺的時候，紀太叔爺已經因病早夭了。

這事兒說起來，紀太叔爺一直到過世都不知曉。而當時還年少的容太君卻把那個不玷蓮的少年裝在心裡一輩子。生下長子，她也只是淡漠，畢竟跟丈夫感情不睦。生下老二，她才像是找到人生的意義。

紀二老爺呢，有六分相似紀太叔爺。後來紀二老爺又有了紀昭，更是和紀太叔爺像個十足十。

容太君認定紀昭是紀太叔爺的轉世，當然能給他什麼最好的，就絕對給他更好的。

說穿了，就是一個深閨婦人一生都沒說出於口的愛戀。

這樣哀豔淒婉的往事拼圖完整，世子爺終於知道來龍去脈，只得他冷哼一聲，「禽獸！太叔爺過世的時候，還不滿十五呢！幸好他不知道，知道不吐個稀哩嘩啦才能投胎？」

世子夫人拍了他一下，忍不住笑，「你這人。」

世子爺會因為這段淒美就放過嗎？當然不可能。容太君把他徹底惹毛了，孝字當頭，他不能把祖母怎麼樣。但是忠還在孝之先，對吧？

政德帝一輩子最恨什麼？買官鬻爵？不是。而是只有他天皇老子可以買官鬻爵的入國庫，私下敢買官鬻爵的，就是踩他老虎尾巴。

這個蒐證，簡直太簡單。只是最令人厭惡的就在這裡，世家講究一榮俱榮一損皆損。紀二老爺犯了事，紀侯府難免被牽累，說不得世子爺的軍糧流通就告吹了。

這裡頭有多少他的心血，實在不忿被那個沒出息的叔父給拖累。

他還在從長計議的時候，堂弟突然來了這封信。

之前呢，他爹心疼，總是問過紀晏的狀況就默然不語，後來跟他說，「平安是福，舉子也很可以了。咱們府不是養不起一個舉人老爺。」

現在呢，堂弟突然奮發了。二房這個頂樑柱，看起來可以換一換人。這樣對紀侯府的動盪就會小很多……更不要說，隨他堂弟遠去的「傅小才子」。

世子爺嘿嘿笑了兩聲，摩拳擦掌，感覺英雄得用武之地，翻雲覆雨，真是人生一大樂也。

得了回信，紀晏的心情沉甸甸的。

世子堂哥回答得爽快，事實上需要的佈置不知道幾凡。他就想不出怎麼名正言順的回京，更遑論科舉。

紀昭年年落榜，連個秀才的邊都沒擦著。只聽說紀昭要娶親了……到底是娶表姊還是表妹，每個月聽說的消息都不一樣。

原本孔夫人派來看管他們的那房人，已經在鎮上安家，開了家生意還可以的布鋪。不知道是被打怕了，還是堂哥的人跟他們達成什麼協議，總之這房人都敷衍著孔夫人各式各樣的指令。

那家的婦人碎嘴，都是佳嵐在接待。她也只是淡淡的轉述一些八卦，有些孔夫人的惡意，就過濾掉了。

不說其實他也知道，只是不想追問。

他漸漸領悟到，人的一生，能追求到的真的很少，所以很樸實的堅持。

只希望夫子和伯父一家都能平安順遂，能夠讓四個小水果嫁個好人家，讓阿福臨老不用下狗肉鍋。

然後，佳嵐可以一直在他身邊。

他最大的希望，也就是這樣，他身邊的人都好好的。其他不敢奢望，更不敢求。所有的努力都環繞著這些小小的心願，所以對於考進士，他實在有些心虛。

不是為了社稷百姓，不是繼往聖絕學，也不是開百世太平。原本讀書人應該有那種偉大胸懷。

他卻是為了自己的私心微願，想徒佔一個功名官祿。

所以他更努力，更用功。就是因為有點心虛，可能擠掉一個有大抱負的才士、未來的好官。

他會做到最好，讓自己的心虛少一點。盡量的，讓夫子以他為榮。

……如果能考贏佳嵐，那就更好了。

但願望很美好，事實很殘酷。這些年或許功名心有淡然過，但讀書已經成為一種愛好和習慣，他敢說比佳嵐多讀很多書。

可最被打擊的就是這個。拿《道德經》當閒書看的佳嵐，隨手寫在廢紙上的策論，就把他甩了好幾條街。

這讓他的男兒自尊真的受到不少傷害。

＊　＊　＊

這年深秋，一行豪車健僕出現在周家村，很惹人側目。這輩子就沒見過這麼精神的大馬和這麼華貴的車輛。不管是僕從還是僕婦，穿著打扮都跟鎮上最有錢的老太爺相差不遠。

車裡的主人沒露面，只是使人和藹的問，紀晏紀公子住在哪兒。

乍聽紀晏還轉不過來，講了好一會兒，才明白是傅仙家的舉人老爺，很熱心的指路，「舉人老爺去三叔家買新米了，要去那兒找才不會錯過。」

唷，沒想到只是回答幾句話，有開口的都得了一兩銀子的打賞，真讓人樂歪了。

車裡的主人下車上馬，往周三叔家前進。沒走好遠，就看到一個衣服洗得發白的少年書生，挑著沉重的擔子，大步走來。

瞠目並且不敢相信，認了好一會兒，這個留著美髯，神情威嚴的中年人，遲疑的喊，「晏哥兒？」

趕路的紀晏停住腳步，張望過來……不由得大驚失色。雖然只是匆匆拜見，不曾相處過，但過年都得往舅祖父家拜年，總混了個臉熟。

這……這不是華亭侯，他的大表哥容嶽峙嗎？

他第一個念頭是，難道祖母容太君真容不得他，派了娘家的大姪孫來對付他？但隨即被自己否定，舅祖父國公爺哪裡是那麼好差遣。

容嶽峙雖然有些高傲嚴厲，待人倒是公平正道的。說起來，他還真有高傲的本錢。有別於其他勳貴子弟，十幾歲就是御林軍，在當年的陳州血戰，跟著政德帝拚殺過，隨著收復華州。要不是重傷殆死才送回京城，應該隸屬當年馮宰相的重將才是。

這等戰功，讓他除了國公嫡長孫的身分外，還加封了一個華亭侯。是勳貴子弟中的拔尖人物。

年紀差得太多，沒有相處機會。大表哥待他和紀昭，倒是一視同仁……都不怎麼搭理。

紀晏定了定神，將擔子放下，整了整衣冠，謙恭的一禮，「大表哥闊別了。」

容嶽峙心裡一陣驚濤駭浪，簡直不敢相信，又不得不相信。他聽聞近徽有個耕讀舉子名為紀晏，以為只是同名同姓，暗暗還嘆氣姑祖母的幾個孫兒，都養得跟姑娘一樣。

不如貧寒耕讀的平民舉子，經過風霜淬鍊。

偶得耕讀舉子一詩，他大為讚嘆，還給祖父過目。

「也叫紀晏？」國公爺失笑，「這兩年你南下訪友，不知道你姑祖母家的紀晏也考上舉子。就我看，兩個紀晏，詩才倒是不相上下。」

談到興起，容嶽峙好奇了，國公爺也想見見這個出息的甥孫，俱帖卻沒有來。

據說，紀晏外出求學，出京了。但是去哪求學，卻沒個說法，還是恍惚有人提起，靠近徽州那一帶。

後來耕讀舉子紀晏的詩倒是滿京傳抄，容嶽峙也都看過了，很欣賞這個小才子。但是越聽越不對勁。同名同姓者，在所多有。但同名同姓還同年紀，並且都是滿腹詩才的舉子，這就太巧合。

有回宴中巧遇紀侯府世子，他逼問再三，世子爺支吾半天，討饒說，「我只知道晏哥兒在靠近徽州的周家村……大表哥別再問了，祖母已經罰過我。」

他還在驚疑，國公爺已經臉色鐵青的讓他出京，去周家村看看。

結果，他嫡親的表弟，在這窮鄉僻壤，穿著破舊，挑著兩擔新米，差點就擦肩而過。

「你不是在書院求學麼?!」容嶽峙喝斥。

紀晏先是一呆，然後苦笑，並沒有說什麼，只是邀容嶽峙到家裡喝茶。也不讓人幫，挑起擔子引路。

院牆殘破，大門早已脫漆，擦洗得露出裡面的木色。無錢修瓦，屋子都覆著茅草頂，一副殘頹敗落相。

幾個婢女倒是進退有禮，奉來兩盤榛子和松仁，煮起新茶。指甲都剪得短短的，和她們家公子的手一樣粗糙。

……這是侯府公子過的日子嗎？明年要科考的舉子，他的表弟，就這樣準備課業？

他完全不是滋味，心裡比貓撓還難受。到這時候，他真的明白了，完全明白了。從來沒有什麼書院，出京只是為了軟禁而已。他是聽說過有人阻子孫後路，只因嫡庶。但總是當奇聞聽聽，沒想到會發生在他表親身上。

容嶽峙心情沉重的喝了有些寡淡的茶，要了紀晏的功課看，又跟他們吃了一頓飯。他該高興卻高興不起來，耕讀舉子就是他表弟。

是希望能夠淬鍊，但不是被折磨著吃這麼多不必要的苦。

「你幾時回京？」容嶽峙淡淡的問，「該啟程了，難道你要掐著時間，冒著風雪回京？」

紀晏沒有回答。事實上，他是沒有辦法回答。

「收拾行李，我正要回京，捎帶你一程。」容嶽峙依舊淡然。

「大表哥，祖母沒有發話……」

容嶽峙打斷他，「我祖父發話了。你總不能不聽舅祖的話吧？姑祖母那兒，我替你說。」

紀晏的心跳了起來。他可以回京了。有機會去考進士了。

「但是我不能把丫頭留在這兒。」短暫的狂喜之後，紀晏立刻警醒過來。

「哦？」容嶽峙很是威嚴的看他。

紀晏沒有退縮，「既已共患難，何不能共富貴？她們隨我出京，就該隨我回去。」

他硬著頭皮，「這是身為人主該有的責任。」

容嶽峙的目光柔和下來。他祖父的眼光的確毒辣，能夠看透子弟的本質。

「我明白了。」容嶽峙點點頭，「就這麼辦吧。」

只是，國公爺的眼光再毒辣，華亭侯再精明，他們一直不知道，這一切的情報操作，其實都是奸滑似鬼的紀侯世子的手澤。

這倒成了永恆的祕密，一直沒被識破過。

一路行來，大表哥容嶽峙與紀晏同行同止，這個精明的華亭侯終於看出些不對頭。簡直不像他們動貴人家子弟，倒像是他遊歷時認識的累世書香子孫，譬如江南陳家儒生，沉穩端方，根本沒苦讀這回事，而是樂在所學，完完全全的潛移默化。

跟他談天，煞是有趣。這個年紀尚輕的少年舉子，想得深，看得遠，酷好比喻，慣能深入淺出，不得不承認，有時還讓他這個精明的華亭侯感到若有所悟，如醍醐灌頂。

也就比他的長子大個幾歲而已，就說得出「世事洞明皆學問，人情練達即文章＊」這樣的話來。

京畿舉子榜上第五，不是僥倖。

這已是一奇，沒想到紀晏身邊的那個丫頭讓他更奇。

第一眼他就瞧出了那個大丫頭改變膚色，恐是江湖易容術，原本還有些戒備。他懂一些面相之學，這丫頭的面相明明是水性楊花、女伎娼婦一流，更是非常不喜。

但是僅幾天，他改觀了。

有幾分懊悔，少年時不珍惜，沒學好面相之術，見骨不見氣。面相雖是風流浪蕩短命早夭之相，卻擁有一股浩然正氣壓制，將天生的相貌翻轉了。

偶爾聽到紀晏和這個名為「家蘭」的婢子對答，竟是在爭辯《道德經》當中的「弱其志」，和《論語》中的「民可使由之，不可使知之」，是否可以相互印證。

紀晏認為可以，小婢認為不可。「《論語》泰伯篇全文是這樣：『子曰，興於詩、

＊此對聯出自《紅樓夢》，在此轉借為紀晏的感悟，與原意略有不同。在黑暗後宅的刺激和近三年鄉野生活的領悟，讓他發現四書五經並不是乾燥的學問，所謂的老生常談，其實都是充滿血淚的結語。所以發此喟嘆。

意思是：世界上的事情通曉到最後，其實和聖賢所言的學問，根本就是相同的。人間千絲萬縷的「人情世故」其實通透圓滿了，也就是感同身受的一篇篇故事。

立於禮、成於樂。子曰，民可使，由之，不可使，知之。』也就是說，既有前言，也有後語。興詩立禮成樂，很明白就是教導民的步驟，既然已教，怎麼會以為『民可使由之，不可始知之』？」

「總之妳就是一肚子歪理。不見老子所言，『聖人之治，虛其心、實其腹、弱其志、強其骨』？」

「非也非也。」小婢子笑了，「以前婢子也老琢磨不透，現在倒是摸到一點門道。子不語怪力亂神，卻只是不語。鬼神之事，小老百姓知道沒好處，只會引起恐慌。還不如讓專業的去處理那些事情，統治者只要專心治民。百姓能虛心處世，吃得飽肚子，不要去在意那些鬼神異事，強健身體，其實也就可以了。」

「還是狡辯……」

但是紀晏說了些什麼，容嶽峙已經沒再仔細聽，而是汗毛刷的一聲全立直了。他這個華亭侯領的差事，連自己的老爹都只是模糊知道一點，其實並不清楚。

事實上，就跟歷代的帝王麾下相同，總有那麼一個人隱藏在歷史之後，掛著華貴的虛銜，私底下卻是統御管理天下鬼神所為的違世事兒，設法解決。也就是小婢子口中的，「專業的」。

他本人倒不是很專業，畢竟他算是臨危授命，老一任的太史監殉職了——當時的太后，政德帝的親娘賓天，卻成了厲鬼，擾亂宮廷，太史監把命拚上了，卻也只是白填。那時容嶽峙年輕膽大，肚子上通透的疤才長新肉，脫離險境就抱著刀去見皇帝。上戰場是不成了，但為了這個宛如天神御駕親征的流氓皇帝，他是不吝這條命的。

不知道是容嶽峙命太硬，還是煞氣太重。原本只是臨時看門的守衛，拿著自己砍過千人的凡刀，把那個殺了好幾人的厲鬼太后直接滅了，魂飛魄散，讓匆匆趕來的幾個高人道士神巫很是傻眼。

得，於是華亭侯容嶽峙成了最年輕的太史監。地方通報不能解決的神祕事件，都是透過他的手來調度人員，等於是皇朝對待鬼神事的第一窗口和掌事人。

但這些事情，最為隱密，畢竟知曉只會造成民心不安與動盪，皇帝也知道的不多，有事只往太史監一推，連他老爹妻子都不知情，他敢說連夢話都沒洩漏過。

一個閒散侯府家的小婢子，怎麼可能知道得這麼清楚？

這讓他難得的恐慌，忙著遣屬下把這小婢子的身世犁個五世出來……在抵達京城第二天，倒是齊全了。結果不知道該是驚喜還是憋悶。

驚喜的是，他以為叫做家蘭的小婢子，竟是滿京普傳的「傳小才子」傅佳嵐，奉旨應考，古往今來第一個榜首娘子，將她的神祕，更蒙上一層神祕。

憋悶的是，這位年紀不過十七（虛歲）的小娘子，的的確確是人牙子賣出來的，在人牙子手中輾轉三年，屬於過目即忘那種泯然眾人。雖然華亭侯屬下非常厲害，連父母都犁出來了，也就是山溝子裡大字不識一個的鄉巴佬。

她原本的名字，叫做妞兒。也就是在人牙子手中輾轉那三年，突然說自己叫做「傅佳嵐」。

太多疑點，太多不解。但是容嶽峙見過太多不可思議，也就沒有那麼驚奇。只能斷定不是天生靈慧，就是有高人點化。

他只做了件事情，讓來京城掛單遊歷的青城山某高道來見了傅小娘子一面，除了高道拉著他死磨著想收這個小娘子當徒弟，倒是沒有什麼危險。

「不成了。」容嶽峙沒好氣的說，「她是簡在帝心的舉首娘子，不是我給接回來，禮部也要去接人了。聖前已然掛號，明年進考有她一名。」

「……富貴誤人！誤人！」高道頓足，「徒使性靈沾塵埃！」

但也只能嚷嚷，高道沒膽去跟皇氣沖天的流氓皇帝搶人。只是提到佳嵐所言的「專業的」內情如此吻合，兩人也同樣搔首不解。

其實也是他們倆想多了，佳嵐不過是個借屍還魂的穿越者，在喝口水都能噎死穿越的人當中，屬於普通到不能再普通那種。既沒有藏物空間，把哥修煉兩不誤的神器；更沒有情蠱弱智兩光環，除了紀晏日久生情，皮膚黑了連紀昭那色中餓鬼都不屑一顧，唯一的愛慕者是周家村的小混混。遠遠達不到人見人愛車過車爆胎的境界。

至於弱智光環，那更沒半點。連紀侯府狐假虎威的嬤嬤丫頭都沒辦法削弱，何況孔夫人和容太君那種boss等級的大咖。

可以說，作為一個穿越者，佳嵐實在先天極度不良。

而華亭侯和青城山高道百思不得其解的「關於專業」的道德經註，說穿了不值一文錢。

只不過是因為，佳嵐是個小說迷，特別喜歡胡說八道的修仙和玄幻小說。（要不也

不會被某蝶妖言惑眾）

但是一個對古文如此憧憬和喜愛的中文系高材生來說，喜歡玄幻小說的後遺症就是，會把《道德經》曲解一萬遍的加以曲解。

這就是令人悲傷、極度誤打誤撞的真相。

一直到最後，佳嵐都沒搞清楚華亭侯的態度為何，讓她和紀晏很緊張了一陣子——他們被安置在國公府備考，人在屋簷下，不得不低頭。

但是在那個老道士見過佳嵐以後，華亭侯一整個溫和，甚至有些恭謹，除了再三說明國公府絕對安全，不需再敷粉偽裝……然後就沒事了。

喔，還是有點事。

華亭侯親自來請符。

她力言那些符一點用處都沒有，只是唬弄人。但是華亭侯以為她不肯，只是落寞的嘆氣，就要走了，還不忘一揖。

「不不，侯爺……」佳嵐很想跪，「真的沒用。如果您真的想要……我畫給您。那真的只是$\sqrt{2}$。」

「原來神符叫做根號貳。」容嶽峙恍然大悟。

佳嵐無力吐槽，只是畫了一打寫了$\sqrt{2}$的黃紙給他。

有沒有用呢？其實佳嵐不知道。但是從華亭侯一年半載就來請符看來……可能有用。

她都不知道$\sqrt{2}$是這麼神奇的東西。

紀晏一行人甫抵京，下午國公爺就派了服侍過老太君（國公爺和容太君的娘）的老嬤嬤，嚴厲的表達了國公爺的憤怒和斥責，擱下話說晏哥兒就在國公府備考，不用容太君費心。

容太君一大把年紀，連曾孫都有了的人，只能低著頭讓老嬤嬤罵，忍氣吞聲。畢竟她再橫，也只能在紀侯府橫。娘家長兄代表的是她的依靠，她怎麼也不敢得罪這個脾氣暴躁的長兄。

結果人一走，她立刻開始砸擺設和物什，全砸光了還不能發洩完她的怒氣。

翻天了啊！她原本可以隨意處置的庶孫，以為傍上她哥這條大腿，就可以翻天了?!

國公爺比她年長十幾歲，還有幾年活頭？到底那個不肖的紀晏還是得在她手頭討生活！不要以為攀上青雲路有什麼了不起，她終究還是紀侯府最高的容太君！除非能混到像馮宰相那樣……

呸！也不撒泡尿照照，憑他那人模狗樣也配皇帝的寵幸?!

她發狂並且憤怒，沒東西砸了，就一幅一幅的撕字畫。她在侯府奮鬥了一輩子，終於獲得最後勝利——比她的公婆和丈夫都活得久並且健康。養尊處優幾十年，已經很久沒有人膽敢挑戰她的權威。

要不是老侯爺過世前悄悄的將遺囑一式三份的交給族裡兩長老和一個大學士，她相信爵位一定會是她么兒的。

沒有人敢忤逆她。

如果說，之前對紀晏的不喜，只是因為心疼紀昭和彰示她在這個家的絕對地位，現在對紀晏的忿恨，已經上達到熾熱欲焚，非滅了他不可的程度。

沒有人可以威脅她的權威然後全身而退的！沒有！她可以隨意處置這個家的任何一個人，都是她所出的子孫！

連帶的她也恨上了世子。她雖然深居內宅，但能從殘酷的內宅之爭勝出，自然是聰明智慧之輩，直覺敏銳。雖然抓不到把柄，但她卻很清楚的感覺到，世子絕對在當中佔了重要的位置。

別以為你會沒事！

在祠堂，這個不肖的孫子已經讓她丟了大臉，說他沒攪和絕對不相信。

容太君大發雷霆之怒，全家的氣氛都很低沉。連最受寵愛的紀昭都收斂許多，不敢去觸霉頭。

表面上，世子爺也跟其他人相同，惶恐如喪考妣。事實上，逗著小柿子的時候，還挺開心的說笑話給世子夫人聽。

這個小名是世子爺的得意之作。小孩子難養活，最少紀侯府是這樣。但要讓他取什麼狗剩黃屎，他第一個不樂意。他的兒就是未來的世子，那叫做小柿子好聽吉利，又符合身分，還百分之百的甜。

「你還樂呢。」世子夫人推了推他，「太君氣出好歹可怎麼好？」

「沒事，老人家火氣太大得敗敗火，發出來就好了。」世子爺漫應，「對對，要跟妳說這事。前天扛進來的五箱子物什，給容太君換上，別動用公中，孫子我孝敬了。」

世子夫人眼睛緩緩睜圓，「那五箱子贗品？」

世子爺氣定神閒，「那麼真的贗品，也是很花我一筆銀子的。不過真品贗品，砸下去還不是同個聲響？別白糟蹋真品了，砸一樣少一樣。這也是孫子我的孝敬之意，不忍心老祖宗造太多孽。」

「你還得意上了。」世子夫人輕擰他的臉，非常無奈，「被識破怎麼好？」

世子爺裝模作樣的大呼小叫，看得小柿子很心疼，替他爹告饒，逗趣的模樣，連世子夫人都笑了鬆手。

「還是我兒子疼我。」世子爺非常得意，「嗳，夫人自然也是疼我的。可老祖宗……嘿嘿。」在兒子面前，他不想說容太君的壞話，「除了夫人火眼金睛，沒個能真分辨真偽……反正她也不會只砸這一回。」

世子夫人考慮了一會兒，點了點頭，「說不得得替夫君掩飾一二。但你也真是，為什麼就要惹老祖宗？」容太君是精，但世子夫人也不弱。她覺得後宅事還是能玩得轉，世子爺根本不用硬碰硬。

世子爺沉默了一會兒，溫柔的看著小柿子黑白分明的大眼睛。「老祖宗抱過小柿子麼？」

世子夫人沉默了，小柿子非常誠實的搖搖頭。

「就是了，老祖宗也沒抱過我。大概也沒抱過我爹。」

小柿子聽不懂底下的苦澀，只是滿眼同情，「我抱爹，等等去抱爺爺。」然後就張開小小的手臂，抱著世子爺的脖子。

世子夫人輕撫著世子爺的肩膀，「好吧。我知道了。」

紀晏回京，有段時間很不安。

他悄悄猜過諸般巧合，怎麼都覺得跟世子堂哥有關係。他是被舅祖父和大表哥庇護了，可是堂哥還是得在容太君手底下討生活。

聽說了堂哥和容太君的祠堂衝突，他更坐立難安。總覺得，是他的錯。

結果世子爺悄悄來探他，被他緊張的抓著問，啼笑皆非。雖然覺得小堂弟有點婆媽，可是還是湧起一股溫暖的感動。沒有親兄弟的他，現在才感覺到有兄弟的好。

「別傻了，我不是為你……只是順帶的。我是為了我自己、為了我爹。」世子爺拍拍紀晏的肩膀，「有些事兒你不知道。有的人偏心是沒譜的，對著自己親生骨肉照樣下得了手。我不過是爭口氣……當然也是你爭氣，不然誰理你。」

紀晏雖然不是完全知情，但是在紀侯府的黑暗後宅生活那麼多年，又離開從旁觀者冷眼，的確看出許多習以為常的不公和蹊蹺。

「紀晏絕對不會忘記伯父和大哥的恩情。」他說得很認真，可是世子爺卻放聲大笑，還捶了他肩窩一拳。

「娘的，兄弟間說啥恩情，再說就揍你！」世子爺試著讓自己猙獰點，可惜他那文弱的臉孔反而顯得很滑稽，「你爭氣，哥哥就給你撐腰！天助自助者，懂不？」

紀晏不知道該說什麼，只覺得心臟一陣陣劇烈的跳動。他對親情早已絕望，但是隔房的伯父和堂兄一直支持著他、照顧他，讓他發現，其實絕望得太早。

或許是因為曾經絕望過，所以他覺得堂哥說得非常對。憑什麼親人就得無條件的支持自己？就因為血緣？那他跟除了臉皮一無是處的昭哥兒有什麼兩樣？

他不願意成為那樣的人。

本來隔房的伯父和堂哥可以冷眼看著他的掙扎，夫子也不用多費心思。但只是因為他努力了，他們就願意拉拔他，迴護他。舅祖父和大表哥沒跟容太君站在同一邊，反而接納他。

「……我如果考不上進士，怎麼辦？」他有些軟弱的問。

「再考！考到你不想考為止！」世子回答的很明快，「不想考了，跟哥哥做生意去。天下哪裡不活人？」

紀晏很想哭，終究還是擠出一個很難看的笑容。

這一刻，世子爺紀晝突然遺憾了。怎麼紀晏沒跟他同個娘胎，他沒有親弟弟這件事真是太虧了。

難怪他老爹總是捨不得這個小堂弟，老叨叨念念的。現在也有點捨不得，這二房的頂樑柱……可是個艱鉅的大工程。

「忠孝難兩全，小弟，你將來不要恨哥哥。」世子爺隱諱的提點。

紀晏沒聽懂，只是反射性的回答，「小弟若犯國法，大哥儘管送公處置就是。」

世子爺神祕的一笑，「別的不用說，你讓傅小才子多放些心思在科考，那就大善了。」話題一轉，興沖沖的跟他聊起小柿子，一整個兒奴。

在簾後的佳嵐，就沒那麼好唬弄了。

她設法還原太幸運的歷程，除了「貴人眾多」，竟然沒有其他結論。但是她終究將《紅樓夢》顛來倒去看了幾十遍，加上毫無用處的前情提要，讓她對這個微紅樓有一個宏觀的認知。

在大方向來說，其實二房並沒有太大的改變。大燕朝的女子普遍早婚，明顯已經拖過最佳適婚期的呂表妹和曾表姊，據說還跟二公子混居在一起，連國公府奴僕都會議論了。

這妥妥的就是大燕朝的寶（釵）黛（玉）之爭啊！爭的還是偽寶玉紀昭公子。

那個只會揍兒子的無能紀員外郎二老爺，大概也快犯事了。偏心溺愛的容太君，陰狠的孔夫人……一整個照劇情走，完全就是大樓將傾，樹倒猢猻散的格局。

唯一的不同就是，大房底氣很足，擺脫了可能的悲劇。

喔，對，紀晏也跟賈環的命運南轅北轍，也可以從這泥淖中脫身。

世子爺很不簡單，非常不簡單。照說他該是紀侯府的「賈璉」，或許個性有些像，但是超脫出來，硬是將整個大房駛離了被擊沉的悲慘。

這樣的人恐怕心狠手辣。

想了很久，她卻對自己一笑。這樣的人，卻也恩怨分明，不做沒有利益的事情，也就是說，既然已經插手成為紀晏的「貴人兄弟」，就不是他們生命中的反派。

不過二房可能要出事了。

一想明白，她心頭大定。既然世子爺點明要她用心，必定有其道理。她回房開始磨墨，想把字練得更好一些。

說不定這個很虛的功名，會有些用處，而不只是脫籍和匾額了。若是那個該死作家的「前情提要」無誤，說不定她還能夠跟那個流氓皇帝，就自己的終生，爭上一爭。

說狀元，那太藐視大燕朝諸學子了。但是一甲前三，好歹她還是挺有希望。

誰讓她站在巨人的肩膀上呢？二十一世紀的累代學識當外掛，還考不上前三，真的不好意思出門跟人打招呼了……

砸了穿越者大開外掛的金字招牌，她不想當這個萬古罪人。

在國公府，紀晏和佳嵐的生活，難得的進入一個完全安定無憂的階段。

國公爺就是大燕朝傳統而且經典的大家族族長。公正嚴厲，重視血脈兒孫。紀晏是他親妹子的孫兒，在他看來，關係非常親近，能夠步上青雲路，不指望他能替容家添磚加瓦，但能有個出息的甥孫做表率，讓子孫知道上進，他也與有榮焉。

說出去是多添光的事情。他的長孫，是勳貴武人第一的華亭侯。他的甥孫，是舉榜第五的舉子，將來說不定還能撈個進士當當。

他就想不通為什麼親妹子腦筋卡了什麼，硬生生想廢了這孩子。只能歸咎於頭髮長見識短。國公爺忿忿的想，若是妹子還想朝孩子伸手，既然她不要……我要！

雖然隔姓過繼有點出格了，但可不能讓他那愚頑的妹子毀了一個好孩子。

沉穩的紀晏很得他的好感，頓覺士別三日當刮目相看。他交代長孫，絕對要安置妥當，跟容府的公子們待遇不能不同，一律走他老人家的私帳，不必動用公中。

精明幹練的大表哥容嶽峙比他祖父還重視，但也很體貼的閉院謝客，準備科舉最需要的還是安靜。

比起紀晏，佳嵐感受更深。這些年，她神經其實一直繃得緊緊，沒有一天鬆弛。充滿惡意的後宅，繁雜討厭的人情往來，永遠乾扁的荷包，懵懂無知的四小水果，前路多險、需要照顧的三公子。

紀侯府已是艱難。

出了侯府，又是另一種艱難。沒有大人照撫的一群半大孩子，民風不怎麼純樸的周家村。她每天都睡得很輕，有點動靜就會翻身抓菜刀。是大仙的誤會和她費盡心力綢繆，才能僥倖不成為別人刀俎下的魚肉。

出了紀侯府，依舊艱難。

但身為一個隊長，讓人看出洩氣就註定輸了。別人看她總是氣定神閒，誰知道天天大逆風的日子多考驗心臟。

所以少有的大順風，讓她大大的鬆了口氣，累得只想看看書，什麼都不想管了。

這時候，四小水果終於知道被人傳得很神的「傅小才子」，居然是他們家的佳嵐姐姐，下巴差點脫臼。一直立志要當大丫頭的桃兒尖叫一聲，「佳嵐姐姐妳還在混什麼？

明年春天要考進士了！」

「那個……」她才開口，已經讓激動的水果們一陣歡哄，搶著把不多的事情分光了。桃兒有模有樣的指揮，李兒和橘兒分工合作，杏兒已經激動的開裁，從荷包到衣裳，發誓要把所有好兆頭都繡上。

……妳們激動什麼？

不過，她真沒想到，親手帶出來的四個小水果，已經長大，而且聰明伶俐，很有模範婢子的架式了。

不，說不定比她還好。在大燕朝這麼多年，還是沒有徹底磨去她二十一世紀的個性。再怎麼假裝，她還是個冒牌貨。

如果是大燕朝真正的模範婢子，就不會閒了沒事幹，以刺激自家公子為樂了。

紀晏的進步無疑是巨大到可怕的，但佳嵐也不是原地踏步。他們幾乎是同時跨越了一道「讀書人」與「儒」分野的天塹。

這是個很妙的境界，許多讀書人一生都無法抵達。讀過的書不再只是死板的文字，更不是功名敲門磚。而是頓悟了千言萬語，不過是先聖先賢給子弟後代點燃的，一盞盞的引路燈。所說得不過是，人生。

在「道」之上，該如何走才能不愧天地，不愧自己。

於是所有死記硬背的典籍都「活」了過來，在生命的每鐘每刻都能得以印證和反思。

這時候，他們才能自稱，「儒生」。

沒想到，二十一世紀只知道花俏玩弄文字的我，在幾乎沒有一刻安生的大燕朝，兩世為人，才真正悟了。佳嵐默默的想。

當然，能領悟到這個，他們還只算站在儒家之道的門口。可光光這點，就夠他們將大半的儒生，甩尾不見車尾燈了。

但是對紀晏可愛的鬥志，「名次優於傅佳嵐」，佳嵐只報以溫靜的微笑。

或許紀晏大器晚成，急起直追，到底還是追在後面。即使同樣頓悟了，她終究有豐厚的學識底蘊，還有上千年學者和哲思累積的總結這種超規格兵器……

這樣還輸真太沒道理了。

佳嵐認真起來發威，紀晏只感到心靈受到絕對的輾壓，時不時就鬱悶的想吐血。這還是不寫策論相對辯證時的慘況。

寫策論的時候還好一點……因為他們的策論應夫子要求，要張貼在族學。佳嵐覺得這個時候就殲滅太殘忍了，所以都會留一手，紀晏卻被逼得全力以赴。

那段時間，族學大轟動，兩個人的策論一貼出來就萬人傳抄，也讓京畿舉子痛苦不已。

還玩什麼？不用玩了。跟這兩個小怪物同科科考，頭甲三名都不用想了，從二甲排起吧，還得祈禱京外的舉子，這樣的怪物不要出現太多。

雖然佳嵐不想造成殲滅戰，但是該科棄考的京畿舉子，創史上新高。也就是說，從精神面上，半殘了。

佳嵐對此表示遺憾，並且認為京畿學子的抗壓力，很有加強的空間。

臨到科考那天，京城的氣氛分外肅殺。

天陰沉沉的，隱隱有春雷發威。國公府上下幾乎都籠罩在難以言喻的緊張中。

四小水果更是坐立不安，臉色發白，一副快昏過去的樣子。連阿福都焦躁的在院子裡亂跑。

只有兩個准考生例外。一個晨起依舊雷打不動的練了一趟拳。一個安然的連吃了十四個包子，還喝了一盅湯。

「……妳沒事吧？」紀晏忍不住問。他真的不知道佳嵐把食物吃到哪裡了……甚至懷疑她的胃連接著東海之類，丟下去沒個聲響。

「回公子，七分飽，剛好。」她安閒的回答。十年磨一劍，霜刃未曾識。當然要吃飽了好幹活，殲滅全國就是她試劍的預期希望。

雖然面容柔弱安靜，紀晏卻覺得這個小小的少女有股沖天煞氣，讓他感到很危險。

「……別太拚。」他有股大難臨頭的感覺。雖然「大難」的目標並不是針對他。

「婢子有分寸。」佳嵐漫應。

紀晏狐疑的看她一眼，「帶把傘，仙家被雷劈了也會掛掉。」

佳嵐無言的瞅著這個想像力太豐富並且頑冥的公子，有氣無力的對他一福，跟著來接她的師娘（夫子妻）走了。

是的，直到現在，「傅小才子」依舊走神祕路線，還是上面特別交代的。

望著她漸去的纖瘦背影，紀晏清楚的認識到，這可不是上不上榜的問題。而是，考輸了佳嵐，這輩子別想翻身了。

從認識到現在都被管頭管尾，將來還是個「妻管嚴」，豈不是太沒面子。

應該為了考試而非常緊張的紀晏，想的卻是還沒有影的事情。直到大表哥喊了他兩聲，他才如夢初醒。容嶽峙親自來送他入闈，可見國公府有多重視。

「出闈我親自來接你。」大表哥難得柔聲的說，「盡力就是了，多照顧自己。」

紀晏對他笑了笑，小麥色的臉孔陽光燦爛，充滿自信。

該我戰鬥了。紀晏器宇軒昂的跨出大門。

* * *

我已盡力。有些憔悴的紀晏欣慰的想。不愧天地，不愧任何人，不愧自己。

昂首走出闈門，他奮戰多日的無聲戰場，大表哥真的親自來接他。

他先是燦出光亮的笑，但看到撩起車簾的卻是佳嵐蒼白的臉，又覺得有幾分不對。

大表哥扶他上車，一臉無奈。「姑祖母說什麼都要接你回去。放心，我親自送你，祖父發話下來了，不會有人為難你。」

要回紀侯府？當然，那才是他的家。但是，為什麼他只感到深深的恐懼和疲憊，沒有一絲愉悅呢？

「謝謝表哥。」疲倦的紀晏強打精神。

「兄弟家不說謝字。」和他同車的容嶽峙擺手，沉默一會兒，輕聲說，「且寧耐幾天，再來哥哥家作客。」

紀晏只是笑笑，沒有回答。佳嵐和四小水果在另一車，他還聽到阿福的幾聲吠叫。祖母容太君鐵了心要他回去，要不不會連狗都要跟著走。

想再出來，千難萬難。

但他不想讓大表哥擔憂，只是說著閒話，卻不抵疲倦靠在車壁睡熟了。

容嶽峙脫下大氅，蓋在小表弟的身上。有股無力湧上心頭。

終究他還是姓紀不姓容。他容家總不能扣留紀家的孩子。就算知道……回去沒好果子吃。

他打從心裡喜歡這個小表弟，這麼年少難免輕狂，何況詩文並茂的才子。但是小表弟卻超過年紀的老成，甚至有些滄桑。見過許多世事的他自然知道為什麼。

侯府公子，天天練武不輟，根骨超乎想像得好。最重要的是，這點年紀卻能持之以恆，像是被什麼追趕似的不敢懈怠。

真沒考上的話……或許可以將他收入太史監。好好磨礪，將來說不定是個允文允武的材料，有機會接他的棒子。

雖然太史監總是很危險，但是總不會比人心更危險。

抵達紀侯府門口，心情有些低沉的容嶽峙簡直溢出雷電般的憤怒。

果然最險惡的是人心。

紀侯府張燈結綵，大放鞭炮，門口貼著喜，很明顯在辦喜事。

京城故俗，咸信「福無雙至」，遇到子弟科考，都會將喜事的日子往後挪，直到放榜有個結果才成親，就是怕會佔福導致子弟不第。

搞什麼?!這是他們紀府的子弟，考取功名添得是紀府的門楣。到底有什麼深仇大恨必須無所不用其極的這樣打擊？早一日或晚一日回來不行？非這樣當面衝撞？

紀晏被鞭炮聲驚醒，張望了下，神情卻很平靜。或者說，暗暗舒口氣。應該是昭哥兒成親了……管他娶誰。總之容太君應該很忙，沒空折騰他們了。

最少，可以睡個好覺。

原本看門的門子吆喝喝的要紀晏的馬車從角門入（角門是遠親商賈出入的），結果看到面黑如鍋底的容嶽峙掀開車簾，冷冷的說了一句，「哦？」

門子的汗刷的滴了下來，國公府的小世子，堂堂華亭侯居然親自送那個不受待見的庶子回來，誰料得到呢？

本來要開偏門，容嶽峙冷笑，「原來木侯只配偏門？」

門子快哭了，還是大管家機靈，趕緊恭敬的敞開大門，讓一等侯華亭侯的車馬進入。

睽違兩年多，紀晏和佳嵐，堂堂從大門進入了紀侯府。

容嶽峙被世子爺拉去喝喜酒滅火氣了，紀晏等人還是回到嘉風樓。

佳嵐一碰到床就睡死過去了，腦力耗費太甚，到底這次她真的全力以赴，精神面已經太疲憊。

橘兒去廚房拿飯，雖然沒拿到什麼好的，倒是證實了的確是紀昭娶妻。可娶誰、為何沒有朝外發帖宴客，一概探問不出來，只得一頓好罵。

紀晏也精神不太集中，睡下了，晚上孔夫人那邊的嬷嬷過來嚷嚷，揚言要把「重病」的大丫頭佳嵐挪出去，過了病氣誰負責之類。

被吵醒的紀晏原本好聲好氣的說，面對這些虎假虎威兼歪纏的婆子實在煩了，喊了聲，「阿福！」只見一頭熊似的大狗竄出來，亮著牙，喉嚨滾著咆哮。

除了起頭的尖叫傷人耳膜，的確能夠安靜聽他說話了。

其實只是考得力倦神疲，哪個考生不想大睡三天。「……明早還不見好再說吧。」

在狗牙的威脅下，這些婆子終於撤退了。

奇怪的是，第二天早上這些慣會落井下石的婆子沒有來。去大廚房沒拿到飯，四小水果倒是臉色發白的跑回來。

佳嵐已經懨懨的起床，卻被她們的消息砸得一愣。

死人了。

在紀昭娶妻的第二天清晨，呂表小姐呂惜晴自縊身亡，紀昭痰迷心竅，痴了。

紀晏還搞不清楚當中亂麻般的關係，佳嵐已經冷靜的說，「應該是騙紀昭要娶呂表小姐，卻李代桃僵成曾表小姐。」

語無倫次的四小水果佩服的拚命點頭。

紀晏想了半天，「……為什麼啊？」他不是兩個都喜歡？那娶誰有什麼不同？為什麼要用騙呢？

佳嵐只是低頭，眼眶有點發紅。

她很難跟紀晏解釋為什麼。看《紅樓夢》是一回事，身在微紅樓當配角，感受才會特別幽微而深刻。

偽黛玉呂惜晴死得真不值，但也沒有其他退路了。

身為一個柔弱千金，父母早逝，無兄弟姊妹，只能依靠外祖母。和表哥紀昭耳鬢廝磨、坐臥不忌的一起長大……說實話，她的閨譽可以說完全沒有了，勳貴世家對禮教是特別嚴厲而殘酷的。

不論私情，呂惜晴還是只能嫁給紀昭。

紀昭娶了別人，孤高自賞的世家千金，絕對不可能給任何人做妾，但也不會有好人家提親，只剩下出家和死兩條路，她也只是選了當中一條罷了。

但這是她的錯嗎？並不是。是她全心仰賴的外祖母刻意將她和紀昭養在一起，鼓勵他們親密。她還不太了解閨譽的時候已經被毀得差不多了。

佳嵐覺得冷，很冷。

容太君為什麼改變初衷，讓紀昭娶了曾雪丹？呂惜晴自盡，父母給她留下的百萬家產……到哪去了？

佳嵐怎麼也想不出來，畢竟她不是世子爺，能夠知道得很全面。她並不知道，呂惜晴父母留下來的遺產，早讓二房揮霍完了，有很大的部分等於打了水漂——在政德帝治下靠打點關係升官是很困難的。

好不容易有了明確的門路，但是在世子爺明裡暗裡的阻撓，容太君祖產一毫也動不了的情況下，終於改變主意。因為曾雪丹的嫁妝異常豐厚，甚至願意支持紀二老爺和紀昭的仕途。

因為她不知道，所以百思不得其解，只能為那個其實沒有什麼錯的早夭才女感到悲傷。

佳嵐難得的軟弱讓紀晏慌了，「……我以為妳不喜歡呂表妹。」

拭了拭眼眶，佳嵐低聲說，「我認識她。她還非常……年輕。」

紀晏抬頭，佳嵐這樣的語氣他從來沒有聽過。很陌生，很……滄桑。突然心慌起來，一把抓住佳嵐的手，完全沒聽到四小水果在旁的吸氣聲。

「佳嵐。」他的聲音有些顫抖。

「公子？」佳嵐疑惑的看他。

他覺得自己是個沒心肝的人。呂表妹死了，他卻沒有什麼感覺。但是佳嵐變得陌生，好像另一個人，卻讓他非常害怕。

好像她隨時會不見。

「不要難過。」他笨拙的擠出這幾個字。我不會再讓妳有一點兒難過。

「好，婢子不難過。」她吸了吸鼻子，發現紀晏的手微微發抖。呀，外表完全是大人了，其實紀晏的內心還是小朋友。

嚇到他了是吧？

她抽出手，安慰的拍拍紀晏。「怎麼都愣在這兒？」她笑了，四個小水果也害怕？

「該幹嘛幹嘛去吧。」

紀侯府在大喜的第二天，又匆匆發喪。紀昭原本是痴，漸漸發癲起來，鬧著要見呂表妹。容太君和孔夫人根本無暇他顧，只能守著紀昭哭。

容太君的如意算盤全數落空。因為是騙娶，所以只在家裡辦喜事，想生米煮成熟飯再來大宴賓客……沒想到處處留情的紀昭，真正痴心的是呂惜晴。最後一瘋一死。

原本想用喜事衝散不肖庶孫的福氣，結果皇榜貼出來，紀晏名列第十，已然入貢，妥妥的是個進士。

連番打擊讓她再也受不了，終於病倒。

容太君一病倒，當然全府震動，不管願不願意，自然得床前侍疾，作孝子賢孫貌。

當中最誠懇的當然是孔夫人，容太君真的倒下，二房就垮定了……家是非分不可，那還不灰溜溜的滾出侯府？她的算計還沒施展呢。雖說世子有了嫡子……可誰知道能不能養大？不能讓王家那個女人再生下崽子了，老爺謀不到爵位，說什麼也該落到她孫子身上……昭哥兒只是傻了又不是不能生。

所謀長遠，容太君現在可不能有事。

最沒感覺的是世子爺，但他演技一流，足可以拿個奧斯卡金像獎，只是他悲傷不可抑止的臉一湊近，容太君就噎得發哮喘而已。

然而，最沒存在感的，卻是剛取得貢士第十的紀晏。沒辦法，就算他拿到狀元，在紀侯府還是二房庶子。孔夫人看到他特別生恨，卻沒空處理他，只能冷著臉趕他回去，省得礙眼。

畢竟孔夫人現在是蠟燭兩頭燒。又得服侍靠山容太君表忠心孝順，越發瘋傻的紀昭也讓她放心不下。

紀晏倒是悄悄鬆口氣，偷偷擦了額上的汗。現在他祈禱越沒存在感越好，最好把他徹底忘了。還有十天就是殿試，他實在很怕當中出什麼「意外」。

殿試。他心情有些複雜。

進士榜一張，紀侯爺就衝去族學放了兩條街的鞭炮，響足了一刻。能夠的話，侯爺也想在家裡放……可惜老母就是因為放榜病倒的，他只能偷偷的去探望紀晏，朝他傻笑了小半刻，然後才說紀夫子都樂哭了的消息。

大表哥也打著「探姑祖母病」的旗幟，只瞅了一眼，就跑到嘉風樓差點把紀晏的肩膀給拍塌了。

但是紀晏一點得意的感覺都沒有。

因為……「傅小才子」高登榜上第一。

這還沒完，大燕朝破天荒以來，第一次有貢士榜首的策論張貼出來。而且張貼出來，讓人如此心服口服。

當然這次策論的題目並不只一個，但是讓眾多舉子撞得頭破血流，差點全數翻船的，卻是一道皇帝親自下的題目，只有三個字，「海禁乎？」

說真話，看到這道題他第一個想法是撞牆。

這題目太刁了！

先不說四書五經絕對沒有這題，光這個題目就是個明晃晃的陷阱。這幾年的確有人倡議海禁，但卻是個很冷的題目，皇帝不置可否。突然出這個模擬兩可的題目……

誰知道皇帝怎麼想的啊?!

拿到題目的時候，紀晏的痛苦不是一點兩點。這個題目偏到不能再偏，哪個舉子會注意千里之外的海岸。還是有回吃鹹魚的時候，佳嵐興致很高的扯淡，什麼東海南洋台灣海峽，還講到有個太平洋。再來就是邸報裡有兩行倡議海禁的敘述，她從鼻孔哼了一聲，說沒見過哪個國家把錢和知識往外推的，關稅不提，鎖國不流通知識，簡直是蠢蛋。

他個性比較謹慎，搜索枯腸後，竭盡所能的說明不海禁的好處，自認寫得還可以。但是跟「傅小才子」相比，那就簡直是天和地。

傅佳嵐根本沒有揣摩上意的打算，一起頭就批評海禁的短見。旁徵博引，文字如天女散花，嘻笑怒罵卻限於詼諧風趣，深入淺出，就算識字的十歲小兒都能看懂，簡直可以當個論政的大綱拿去實施了。

……他都不曉得仙家如此無所不知，無所不博。他都想跟全國舉子一起榜前揮淚了。

所以他心情才會這麼複雜。一方面，非常驕傲，不愧是他放在心尖尖的人，殲滅全國才子連大氣都不喘一下。一方面，又有點傷心，因為殲滅的人當中，他也包括在內……

得了第十名，他也覺得沒能有多了不起。瞧瞧那個貢士第一，還在他房裡擦桌子呢。

這個殿試，還真的得好好準備才行。名次太難看……他真的得找一塊豆腐撞死了。

但首先，得先熬過這十天啊。

愁容滿面的看到佳嵐，紀晏雙手合十，對她拜了一拜。

貢士榜首面無表情的看著他，把手裡的抹布丟到紀晏的腦袋上，轉身走人了。

離殿試還有一天，容太君終於緩過氣了。她有氣無力的做了最後的努力。絕對不能讓庶出的紀晏，踩在嫡出的紀昭頭上。

她鐵了心要把紀晏絆在家裡「侍疾」。反正也不是要他的命，頂多病個一場，誤了殿試而已。

但是她都犧牲自己的健康，在湯藥裡頭投了夠份量的瀉藥，結果替她嚐湯藥的紀晏屁事都沒有，活蹦亂跳，她卻大瀉特瀉起來。

（當然她不曉得虎視眈眈的世子爺，先給他小堂弟紀晏喝了極對症的解藥。）

更不好的是，聖旨傳到紀侯府，特命紀晏、傅佳嵐兩位貢士上殿赴考。而威震全大燕的傅小才子，竟是紀晏身邊的一等大丫頭。

一切的謎團都解開了。

「她不行！」撐著腹瀉的虛弱，容太君抗議，「她是奴籍……欺君罔上，我紀侯府……」

來宣旨的太監笑容淡了，連話都懶得跟她講，「侯爺，傅娘子可是堂堂大燕貢士，只是寄養在您府上罷了……可是如此？」

「正是如此。」紀侯爺恭恭敬敬的回答了。人家可是天子信使。

太監的笑又和煦了些，「咱家就說記性沒那麼壞。皇上可是特別囑咐了。」

容太君啞了。急怒攻心又大失元氣，她暈倒了。

「哎，老太君身子不好，何必強撐呢？」太監一臉憐憫，心底倒是覺得皇上算無遺策，「幸好皇上還特別賜了太醫一起來。」

太醫留下，他把紀晏和佳嵐一起帶走了。

坐在富麗堂皇的馬車上，佳嵐很感慨。果然是流氓皇帝，行動就帶股匪氣。

這場殿試異常轟動，並且影響深遠。可以說，這年的殿試不但淘出幾位震古鑠今的名臣，甚至在思想上也有突破性的發展，間接影響到之後的幾任中興之主，可說是在哲思上的一大邁進。

此時卻無人知曉，唯一比較異常的就是「傅小才子」更加神祕，別殿專考。

已經有人推測傅小才子可能是有所殘缺或是太過年幼之類不適科舉。自「他」的「海禁乎」策論出世，已經沒人認為「他」會是個女子。

現在可說是爆炸性的風頭無兩了。早有那愛才如命的世家千金哄搶，哪怕「他」瘸腿獨眼、貌若鍾馗，都心心念念的想下嫁了。連跟「他」一起養在紀侯府的紀晏都成了下一個目標，就等殿試結果了。

佳嵐不知道她已經成了京城最熱門的乘龍快婿，只是看著殿試題詫異了。

題目正是「格物致知」。

源於《禮記．大學》八目：格物、致知、誠意、正心、修身、齊家、治國、平天下。在二十一世紀已有定論，也不是什麼稀奇題目。

但是在大燕的解釋和後世截然不同。

二十一世紀認為，格物致知是古中國「科學」的說法，但這樣的註解卻出自南宋。在大燕的解釋還是「事物之來發生，隨人所知習性喜好」，還是相當哲學的解釋。

她考慮了一會兒，決定還是將其定義為「窮究事物道理，致使知性通達至極」，也就是科學的開始。

一路考來，她並不認為強於大燕學子，可說是大開穿越者的外掛，並且幸運的題目太偏，更有一個不按牌理出牌的流氓皇帝，才能奪得貢士榜首。

這已經是巔峰了，穩穩的進士，用不著跟人搶什麼名次了。

但她還是感激這個流氓皇帝，穿越至今的憋悶，總算是能揚眉吐氣，沒有太墮穿越者的威名，能跟人出去打招呼了。

那麼，留下一些痕跡，哪怕是投下一顆種子，那她也算是回報了這種知遇之恩。

這是她生平最用心的一篇策論，可說二十一世紀所思所學的濃縮精華。倡議了一種研究的正確態度，並且拉了古聖先賢的言行（部分扭曲和故意誤解）來背書。

她並不知道這造成了什麼影響，更不知道雖然沒有相當程度的促進科學發展，卻讓社會學突飛猛進。日後的著作，甚至深遠的啟發了鳳帝的重視吏治，翼帝超世紀的按畝課稅，將大燕的國祚延伸了幾百年，成為這個歷史歧途最長的王朝。

這時候，她只是誠懇的寫著這篇策論，和她在二十一世紀時寫報告沒什麼兩樣。

所謂的殿試，其實就是一篇策論，和面試。面試的對象當然是皇帝了。

一般來說，面試是十個貢士一組，皇帝看看，打個印象分而已，能和皇帝說話的人很少。

但是佳嵐卻獨得面君的名額。雖然她盡量的恭謹，但還是忍不住多看了隨侍在側的馮宰相一眼。

老天，幸好知道前情提要，不然非失態不可。她以為自己這皮囊夠可以了，誰知道這個不曉得三十還是四十的馮宰相豔絕寰宇，果然肌如雪顏如花，別說六宮粉黛，天下婦人皆無顏色了。

她覺得不錯的容貌，跟人比就是泥與雲。

被忽略的政德帝不滿意的咳了一聲。

佳嵐抬頭看了下，心底嘀咕，慕容小受的基因真是強，長遠的傳下來，這流氓還是好看到罪孽，什麼韓星的人工美少年給這流氓提鞋都不配。

聽說太子都十六了。這兩個大叔端著這麼漂亮的臉，叫人怎麼活？

政德帝看夠希罕了，心底很滿意。他已經看過策論，激動的幾乎把御案拍垮。跟傅娘娘同姓就是威，連論點都不謀而合。不枉為了她的准考資格和三郎……馮宰相爭辯打架，太值得了。

他拒絕承認傅小才子跟傅娘娘八竿子打不著，更不承認和馮宰相打起來是因為惡習不改，還是愛摸馮宰相的小臉蛋兒。

「傅卿，」他語氣很和藹，「若為臣，卿有何願？」

別鬧了，能考科舉已經是驚天動地，還指望當官咧。佳嵐在心裡腹誹這個不著調的問題。這流氓皇帝大概試問那些貢士昏了頭，同樣的問題拿來問她一個小女子。

所以她回答得很沒出息。

「願身邊人皆有所安，皆有所歸。」佳嵐倒不是敷衍，而是說心底話而已。她辛辛苦苦帶著嘉風樓的一群小孩從大逆風打到順風，說出來都是一把辛酸血淚。

最大的願望不過是，能讓四小水果平安長大，嫁到好人家。

喊了那麼多年的公子，能夠平安的離開那個吃人的二房，航向他的未來。

尤其是紀晏。

一路走來，她以為她在照顧著，未嘗不是紀晏照顧她。那個小小的公子，挺起胸膛，或許有些稚嫩笨拙的，試圖為她們遮風蔽雨。看著他，一天天長大、成熟。

突然有點感傷。將來他會有自己的家。既然她會是個女進士，總不可能還賴在他身邊。

心口微微的疼了一下。

政德帝的面容有些古怪，對著馮宰相細語，確定了以後又問，「這答案格局太小了吧？」

還在感傷的佳嵐疑惑了。問一個不能當官的女進士這個幹嘛？

「格物致知之後，當是誠意、正心、修身、齊家、治國、平天下。誠意正心修身當反問自身，可不齊家何談治國平天下？」佳嵐回答，「身邊人不能得其所安所歸，何談旁人，乃至天下人？」

政德帝放聲大笑，把佳嵐嚇了一大跳，不知道這流氓發什麼瘋。結果一直冰著臉的馮宰相也露出微微的笑意，宛如三春降臨。

她不知道，紀晏回答了幾乎一模一樣的答案。

摸不著頭緒的佳嵐叩謝出宮，還是同個太監笑咪咪的送她和紀晏上馬車，兩個宮衛護送到紀侯府。

送是送到了，但人家宮衛也不走了，給兩個新科貢士看大門。

果然流氓的思路凡人是不能理解的。這是佳嵐唯一的感想。

殿試後張榜，一石激起千疊浪。

狀元陳世珍出自江南陳家，是江南文名遠颺的才子，底蘊深厚，個性沉穩，已然三十有餘，但是作為狀元，還是相當年輕。

榜眼楊深出自西北寒門，已經四十好幾了，但是性情跳脫，思路新奇紛陳，別出心裁，這個榜眼也不虧。

但是一直保持神祕，甚至被認為有所殘缺的傅小才子，卻穩穩的佔了探花的名。

要知道，在政德帝治下，探花遠比狀元矜貴。不但要年少有才，還必須要容貌極佳。若是點不出來這樣的探花郎，這流氓皇帝真的敢掛「從缺」。

畢竟有馮進馮宰相珠玉在前，探花郎太不成樣政德帝第一個不答應。

這代表什麼？代表傅小才子是因為年紀太小才破例准考啊！容貌絕對是大大的好！

但是在勳貴間，真的引起譁然的是二甲傳臚，穩穩的第四名，居然是他們勳貴家出身的紀晏！要知道前五名只計文才不論出身！紀晏才多大？尚未弱冠呢。

這個榜單炸得京城幾乎當機，進士進宮赴瓊林宴就人潮洶湧，明明知道下午才走馬遊街，還是早早的萬人空巷了。

同榜進士其實更為興奮，這個神祕到不行的傅小才子終於有緣一見了。

瓊林宴的規矩其實不嚴……或者說流氓皇帝就不是個守得住規矩的人。為國取士嘛，弄得鬼神似的幹什麼，不如大家痛快說笑吃喝，太拘束了他反而不高興。

狀元榜眼上前參拜的時候，他還笑咪咪的獎勵了幾句。然後一臉賊笑的聽太監唱名傳傅探花。

只一瞬間，世界安靜了。哪怕是掉一根針，都能聽得清楚。

穿著大紅進士袍冠，內襯月白中衣，穿得跟別個進士沒有兩樣。膚如梨白，面姝身弱，笑意單薄，瑟瑟如暮秋之蝶。應當楚楚可憐，容顏卻透出一股剛強正氣，目光薄冰般嚴肅凜然。

果然是探花。

但看那玲瓏有致的身材……瞎子也不會把她看成男的啊！

一開口，果然如珠玉交響，妥妥的就是個少女。

瓊林宴炸鍋了。

也是該炸了。佳嵐默默的想。她壓根沒想到會得個探花，還以為會搞個從缺，賞個出身匾額，悄然無聲息的混過去。

果然流氓皇帝就是個攪屎棍！

她不高興，非常不高興。穿越就夠倒楣了，還得讓那個流氓皇帝推到風尖浪頭當靶子。可惜她不能打流氓皇帝，只好把滿肚子氣出在上前質疑她身分的同榜身上。

這場滅絕戰非常慘烈，橫掃了大燕朝剛出爐的頭等精英，從心靈上徹底滅絕，導致絕對的絕望，以至於懷疑起自己的人生，差點就有進士當場要出家。

只有幾個明哲保身的同榜眼觀鼻鼻觀心，絕對不肯上前湊熱鬧，當中就包含了狀元、榜眼和傳臚。

狀元郎一看到傳探花，就果斷遠離戰區。他家出色的姊妹眾多，該有多厚的門夾過腦袋才敢看不起女子，他可是有深刻的心靈傷痕，堅決不摻和。

榜眼郎有江湖浪蕩的經歷，深深知道僧道、乞丐、女子、小孩、老人，絕對惹不得。這樣身分敢在江湖行走，不可小覷。這傳探花身兼女子和小孩，更是絕對惹不起。

咱們的傳臚紀三公子，早就領教過她的戰鬥力，深受其害，磨到完全沒脾氣，傻子才上前給她掃蕩擊沉的機會。

雖然心有餘悸，但看她爭辯得有些沙啞，還是端了杯茶給她，還扯了扯佳嵐的袖子。原本像轟炸機的佳嵐，接過茶，也熄火了，倒是讓狀元和榜眼多看了他們倆好幾眼。

好不容易逃出生天的同榜，只顧著懷疑自己過往的人生，一臉慘敗，就是沒注意到。

兩個避到安靜點的角落，相對默默無言。

前一天皇帝又來傳旨，賜了佳嵐良民身分和探花府，別的還不知道，但是怎麼也不可能讓探花娘子繼續當個小婢子吧？分離就在眼前了。

「……傳臚郎多保重。吃飯的時候不要太瀟灑，儀態要注意。」佳嵐心裡淒然，「別把不吃的都餵阿福。傳臚不該挑食，阿福也太肥了。」

「妳都說四百遍了。」紀晏別開頭。

半晌卻沒聽到佳嵐說話，回過頭發現她眼眶都紅了，只是強忍著。

他心很慌。好像心被帕子裹著擰汁，從來沒有這麼害怕跟難過。

佳嵐快要不在他身邊了。

咽了咽，他強穩住問，「妳不會騎馬吧？打馬遊街怎麼辦。」

「皇上說給我找人牽馬了。」佳嵐勉強鎮靜。

他當然知道皇上給她找人了。前科探花，現在是林知事郎。當然，這麼有才的少女，皇帝一定會給她找個好親事。

探花郎娶探花娘子，多好的佳話。

更疼了。酸到骨子裡挫磨的疼。

「……我說過要護妳一輩子。」紀晏手裡一把冷汗。他一直不敢問，就是怕佳嵐不肯。跟她相處這麼多年，其實他很明白，佳嵐總是當他是孩子。

他很害怕佳嵐只把他當弟弟看，不相信他能為她擋風遮雨。他也很自責，為什麼就是只能到這樣，連考都考不過她，難怪佳嵐對他沒信心。

等了半天，佳嵐輕嘆，「世事難料。」

紀晏更難過，最後宮人來請佳嵐掛紅上馬，他不知不覺跟在她後面。看到高大英挺、沉穩俊朗的林知事郎，他甚至有些自卑。或許放手比較好……對佳嵐比較好。

但是佳嵐回頭看了他一眼，眼中滿滿的不捨。

「皇上！」紀晏突然跪地，「懇請皇上讓微臣為探花娘子牽馬！」

原本熱鬧的瓊林苑瞬間又安靜得聽得到針落。

雖然非常安靜，但是在場同榜的八卦之心，卻非常囂鬧的熾熱起來了。

別傻了，說是牽馬，誰會認為是真的牽馬啊！這麼有才、簡在帝心的少女，皇上沒拖進後宮就是為臣子造福了。封官是不可能，找個好人家是妥妥的。林知事郎就是那個幸運兒，不然皇帝近臣幹嘛給個探花娘子牽馬啊！

沒想到，瓊林苑還沒出呢，就有人來虎口奪食了。

流氓皇帝笑了。咱傳臚這小兔崽子，不逼不開竅。

「哦？怎麼說的？牽馬的差事還有人搶。林知事郎，你可願讓？」

林知事郎深揖，「微臣不願。」

「這難辦了。」流氓皇帝笑得更賊，對著新科進士們說，「總不會還有人想為探花娘子牽馬吧？」

愣了一下，真有人躍躍欲試，這是開放名額競爭了啊！誰知道探花娘子能不能看上？於是幾個尚未娶親的青年才俊上前應聲。

隨侍在側的馮宰相咳了一聲，警告的看了皇帝一眼。

政德帝摸摸鼻子，他還想搞大攤點，最好是乾脆海選，暗衛和將門子弟也不錯嘛……已經很久沒有這樣有趣的樂子了。

誰讓那小子不乾不脆，什麼護一輩子，講坦白點會死啊。他絕對不承認讓暗衛去偷聽純屬愛看熱鬧。

但是怕三郎跟他翻臉，他還是懶懶的開口，「這牽的又不是朕的馬……還是讓探花娘子選吧。」

佳嵐在心底開始破口大罵，並且問候政德帝的祖宗，直到慕容沖為止。

不世之流氓太壞了！這不是逼她當場擇婿嗎？你為什麼不拿個大聲公沿街播放？

她忿忿的抬頭，想說乾脆搭馬車算了，但是在面目模糊的眾人中，她還是第一眼就看到紀晏。

他還跪著，臉色很蒼白，甚至有些無助。回頭看著她，像是想哀求，卻又不敢哀求。

佳嵐心痛了。

她親眼看著他掙扎、站穩，往前走。親眼看著他用單薄的身子去迎向後宅黑暗的狂風暴雨。看著他從幼稚暴躁到沉穩成熟。

其實她做再多，也不如他真心想改變。

他想成為一個真正的公子，想為她遮風蔽雨，成為她的依靠。其實她知道，一直都知道。

非常明白，她和小水果們在他心目中地位截然不同。總想著，不過是年紀還小，總有天會明白不過是青春期荷爾蒙過剩的偶發現象。

但她總是不願深想，這個孩子很固執，一直都非常固執。

她不想光源氏，可是已經光源氏了，該如何是好。

在有點長的緘默中，佳嵐開口，「啟稟皇上，微臣與傅臚青梅竹馬，煩請傅臚郎為微臣牽馬。」

滿殿譁然，佳嵐的臉紅得不能再紅，只希望找條地縫鑽了。但是紀晏呆愣片刻立即被狂喜點燃的面容……

讓她幾乎粉碎的心痛消失無影。

算了，變態就變態。穿越者本來就是一種變態的存在，也不差多變態一點。

君不聞，破罐子破摔。

大燕朝前無來者的探花娘子，由傅臚郎牽馬遊街，京城萬人空巷，差點暴動了。接下來的賜婚、授官，就顯得不那麼不尋常。

傅臚郎非常意外的出京為官，赴山陽縣令。這授命看似沒什麼，當中別有玄機。山陽縣有名的窮山惡水多刁民，也就是大半地方官僚能遇到的狀況都有，只有皇帝想重用的好苗子才會被派去砥礪，只要能得到考核中等，回京都是加官晉爵的節奏。

連探花娘子也領了一個翰林編修的官銜，雖然婚後隨紀晏赴任，不用去翰林院上班，卻不是虛的。最少佳嵐沒把這官銜做成虛的。她一直著作不斷，成為閨中大學士，翰林院真正做學問的大小官員都會與她通信討教，一直備受敬重。

當然，這些都是後話。

原本佳嵐要在探花府待嫁，最後卻被華亭侯請去國公府了。要知道，公主郡主常有，千古未聞的探花娘子可只有這麼一個！稀少才有珍貴的價值啊！哪能讓國公爺的准甥媳冷清清的從探花府出嫁。

結果就是紀晏根本不管什麼婚前不能見面，見天的往國公府跑。孔夫人不是不想拿捏他，可惜皇帝不但沒有撤宮衛，還多添了四個。孔夫人一發作，宮衛立刻低頭猛記，把她嚇得夠嗆。

佳嵐沒好氣的看他又跑來，毫不意外的帶上一大堆吃的。

「國公府管飽。」這已經不知道她說第幾次了。

沉吟了一會兒，紀晏斟字酌句的說，「我知道妳的真正『肚量』。」

佳嵐很想把那些吃食都扔在他腦袋上。

這是戀愛麼？這真的是戀愛嗎？真的有光源氏到？她怎麼都沒感覺？佳嵐這樣冷靜的人都有點糾結了。

然而紀晏終於做了一次比較類似花前月下的事情了。他拉著佳嵐的袖子，在月色朗朗的夜晚，走到園子裡的觀遠亭。

她還真有點好奇，紀晏能做出什麼害羞的事……自從賜婚後，連手都不敢牽。這個大燕朝青少年害羞保守得可以。

只見天淨星空，靄雲捧出月鉤來。蟲鳴細細，暗香浮動。

結果紀晏雙手合十，非常虔誠的拜月。

佳嵐傻眼了。「……離中秋還很遠吧。」

紀晏一臉「我知道妳不肯承認沒關係」，「我聽說仙家都是拜月的。我得巴結好太陰娘娘，」他羞赧了，「把傳仙家賜給我。」

忍無可忍，佳嵐終於朝他的後腦勺巴了下去。

（傳探花完）

大燕朝系列：

蝴蝶館63．64《深院月》本書馮宰相三郎與許芷荇的故事。
蝴蝶館47《倦尋芳》李容錚與慕容燦的故事。
蝴蝶館48《再綻梅》〈浣花曲〉烏羽與白翼的故事。
蝴蝶館51《燕侯君》李瑞與阿史那雲的故事。
蝴蝶館58．59《臨江仙》謝子瓔（趙國英）與顧臨的故事。
蝴蝶館66．67《徘徊》陳祭月與陳徘徊的故事。

極短番外　世子（寫番外代替作者的話，省事一回。）

侯府前的燈籠，一夜之間都換白了。

容太君病逝。

服孝的世子爺眼神有些複雜的看著靈堂，垂下眼簾悲泣，做足孝子賢孫的本分。

他很明白，他犯了滔天大罪，祖母宛如他親手所殺，但他依舊沒有後悔。將來可能會墜入十八層地獄永不超生……但他甘願。

這個深重罪孽，由我來就可以了。終究我不是容太君。我來總比將妻子扭曲至淬毒，在遙遠的未來忍不住下手，來得好多了。

原本世子爺已經想手下留情了。二叔的罪證雖然已經蒐羅齊全，但是晏哥兒的名次大出他意外，仕途一片光明，生父獲罪對他太不利了。趁皇上目光還沒瞄到這邊，想辦法補救，憑著他私下理著皇室暗中勢力的雀兒衛，頂多挨皇上幾句罵，多賣點老命就是了。

但是孔夫人不該把主意打到他的小柿子身上，容太君不該想把小柿子抱去養。她們不該狼狽為奸。不該想奪走他和暖兒的孩子。不該用親情和孝道威脅，不把他孩子的命當命。

他從來不是一個好人。

世子爺向來信奉，人不犯我我不犯人，人若犯我，釜底抽薪。

在跪地苦求，只得到被容太君扔出來的茶盞砸破腦袋，他轉身出去立刻把所有證據送到雀兒衛實查，破天荒遞了暗折上去「大義滅親」了。

殺人何用借刀，最毒乃是人心。不用那些不入流的手段，甚至用最好的太醫、最上乘的藥材，容太君還是因最心愛的兒子獲罪流放，紀侯府被抄檢，連累得爵位差點不保，連驚帶嚇、雪上加霜的病死了。

當然，二房出事，大房未免也受到連累。表面看起來風雨飄搖，他也沒少挨皇上的罵。但也只是高高舉起，輕輕放下，最終不痛不癢的罰了三年爵祿。

是，沒有他的算計，容太君不會這麼快就去世。這個罪孽，他認了。冷冷的瞟過還在囂張的孔夫人，他轉開目光。

秋後的螞蚱，蹦達不了幾天了。他可沒忘記這老虔婆把黑手伸向他的小柿子。二叔流放，昭哥兒發瘋，二房的家主只能是晏哥兒。他還真看不出來，容太君過世後，他這個好孀娘還有什麼能跋扈的資本……就算有也會被踩到死。

他手裡還攢著孔夫人放印子錢*的證據呢。

沒關係，慢慢來，我們不急。

世子爺的目光挪向靈堂。有仇報仇，都朝著我來，容太君。身為人子、人父、人夫，他不在乎這點因果報應。

來，朝著我來。

我等著。

*印子錢：高利貸的一種。借款人分期償還時，每次都會在摺子上蓋印註記，因此稱為印子錢。

國家圖書館出版品預行編目資料

傳探花 / 蝴蝶Seba 著. -- 初版.
-- 新北市 : 雅書堂文化, 2015.07
面； 公分. -(蝴蝶館 ; 68)
ISBN 978-986-302-239-8 (平裝)

857.7 104004615

蝴蝶館 68

傳探花

作　　者／蝴　蝶
發 行 人／詹慶和
總 編 輯／蔡麗玲
執行編輯／蔡毓玲・蔡竺玲
編　　輯／劉蕙寧・黃璟安・陳姿伶・李佳穎・李宛真
封面繪圖／五十本宛
執行美編／陳麗娜
美術編輯／周盈汝・韓欣恬

出版者／雅書堂文化事業有限公司
郵政劃撥帳號／18225950
戶名／雅書堂文化事業有限公司
地址／新北市板橋區板新路206號3樓
電子信箱／elegant.books@msa.hinet.net
電話／（02）8952-4078
傳真／（02）8952-4084

2015年07月初版一刷　2017年08月初版六刷　定價240元

經銷／易可數位行銷股份有限公司
地址／新北市新店區寶橋路235巷6弄3號5樓
電話／（02）8911-0825
傳真／（02）8911-0801

Seba・蝴蝶

Seba・蝴蝶

Seba・蝴蝶

Seba・蝴蝶